筑摩書房

ぐるり

高橋久美子

目次

柿泥棒　7
ロンドン　20
蟻の王様　34
美しい人　43
自販機のモスキート、宇宙のビート板　52
逃げるが父　62
猫の恩返し　73
サトマリ　84
DJ久保田　＃1　92

星の歌　104
白い地下足袋　113
私の狂想曲　124
指輪物語　135
卒業式　143
5000ドンと5000円　152
スミレ　165
私の彼方　176
四月の旅人　186
DJ久保田　#2　198

カバー装画・挿絵　奈良美智
装丁　宇都宮三鈴

柿泥棒

桜新町の駅に、いつものリュックサックを背負って優子がやってきた。

「小鳥ー!! もー。新宿まで来てくれるって言うてたやん」

「ごめんごめん、完全に寝てもうてたー」

半年ぶりに会う優子は、なんだかちょっと顔が丸々とした気がする。チワワがプリントされたスエットの上下でこの街を歩くのはやめてほしいけれど、それは後で言うことにしようと小鳥は思った。優子が来てくれたのが本当は嬉しくて嬉しくて仕方なかった。

「へー。今度の街はなんか小綺麗やなあ。あんたの前おった、稲田堤やったかな。あそことは全然ちゃうやん。あっちはなんや大阪みたいで、小鳥にようおうてたのにな」

「サザエさん通りの方へ行ったらもうちょっと下町風情やけどな」

と言ったけど、優子は殆ど聞いてない。いつものことだ。早朝の弦巻《つるまき》通りを歩きながら、お構いなしに関西弁を撒き散らす優子を見ていると、自分が少しずつ東京に染まってきているのがわかった。恥ずかしいと思ったことなんてなかったのに、通り過ぎる人々の眼差しを痛いと感じてしまう自分が嫌だった。大声で笑って喋り続ける優子を引き連れて、動き始める社会の流れとは逆走して家へ帰る。スーツ姿の男たちが怪訝そうな顔で二人を見るが、やっぱり優子は気づいてない。

「高速バス疲れたやろ？」

「それがな、もうな、目つむって気がついたら新宿やったんやって。すごいやろ。ぎりぎりまで病院おってバス乗り込んだら、爆睡やわ。よー寝たでー」

こう見えて優子は看護師だった。しかも病院内では大人しめだという。

「最近うち走ってるやん？　そやから夜行バス乗っても全然足むくまんようになってん。あんたも走り。じーっと座ってパソコンばっかり見てたらあかん。やっぱな、ふくらはぎの筋肉つけな。第二の心臓や。あと股関節な。寿命ってここの筋肉量に比例してるらしいで。うちのばあちゃんに聞いたから嘘かもしらんけどー」

そう言うと空に向かって豪快に笑った。銀歯が太陽にキラキラ光って、美しいとさえ思った。優子はいつもそうだ。自分の好きなときに笑って、嫌なことにはちゃんと怒って、幼馴染で同じように育ったのにやっぱり自分とは体の作りとか神経の作りとか、いろいろと違っていた。

「ほれ」と言って優子はズボンの裾をめくってふくらはぎを見せた。むっちりしたハムみたいな足、高校時代よりは痩せたように思うが、むくんでないのかどうかはわからない。

「えー。すごいなあそれ。高速バスなんか、もううちは絶対に無理やもんな」

「そらお金がありましたら、こういうとこに住みまして、ほしてＪＡＬでぴゅーと行きますけどー。おーほほほほ」

「もう、恥ずかしいからやめてー」

と小鳥も笑った。

大通りを左に入ると、住宅街になって所狭しと家やマンションが立ち並ぶ。軒先に外車が停まった高級住宅の間を小鳥はいつも息を潜めて歩いた。でも今日は優子がいるから違う。優子はまるで美術展にでも来たかのように、いちいち家々の前で立ち止まり車やら門構えやら植物やらをチェックし感想を述べるので、恥ずかしくて、手を引いて先を急がせた。

「なあ、みんな柿取ってないな」

「わかるー。それな」

「こんな敷地狭いのに、みんな柿か八朔か柚子を植えてんのやな。ほんで柿落ちてるやん。もったいないわー。あれ、もらわれへんかなあ」

優子が、赤い実を覗かせた塀の前で動かなくなった。ジャンプするも届かない。何代か前の住人が植えたのだろう、五軒に一軒の割合で柿の木が植わっていた。そのどれもが、たわわに実ったまま熟して落下していた。カラスが寄ってきて食べたのか、大きくえぐられている実もある。

「ピンポンして、ちぎってええですかって聞けばくれるんちゃうの？」

「いやいや、やめてよそんなん。変な人やと思われるし」

「えー。でも買ったら柿って今高いでー。二つで三百五十円はすんで」

昔から優子は柿が好きだった。小学校の帰り道いつも山柿を取っては二人食べながら歩いた。熟した柿を皮ごとかじって、ぺっぺと皮だけ吐き出しながら歩くのが好きだった。あの頃は全部もらったり山で取ったりしていたというのに、もはや人と関わってまで、ただで食べようとは思わなくなっていた。人と関わる煩わしさを想像すると、買って食べる方が何倍も楽だった。


マンションに帰ると、夫が会社へ出かける用意をしている。土曜日は休みなのに、わざとらしいなと思った。

「おはようございます。朝からすみません。今日からしばらくお邪魔いたします」

優子が他人行儀に挨拶をし、土産の日本酒を渡した。

「ああ、優子さん、結婚式のときはありがとう。僕、急な仕事が入っちゃってお構いできませんけどゆっくりしてください」

形だけの会話を済ませると、夫はそそくさと出ていった。

「なんか三日も泊めてもらうのやっぱ悪かったんやないの？　機嫌悪そうな感じしたけど大丈夫やろか」

「大丈夫やって。うちらは柴田理恵とマチャミみたいな関係やからって、結婚前から言うてるんやし。柴田理恵の家にはマチャミの部屋あるらしいで。やからな、家の座敷はあんた専用の部屋よ。いつ泊まりにきてもええの。私がそうしてほしいもんな」

「あかんで、そんなん旦那さんの前では言うたらダメやで？」

もう遅い。嬉々として何回も話してしまった。その辺りからだ。結婚前と夫は変わってしまった。冷たくなったというか、同居人という感じになってしまった。

「ほらー。来て来て。あんたの部屋。布団も干して掃除しといたで」

「うわー。すごいー。主婦してるなあ。ありがとう」

二人はぴかぴかに掃除された座敷で、お土産の赤福を食べ、朝ドラを見、そのまま王様のブランチを眺めてしばらくごろごろした。そのうち座布団を二つ折りにして、寝そべりながら既に電話で何百回もしている実家の話なんかを初めてのように話し合った。

昼からは、銀座をぶらぶらしてみた。老舗の喫茶店はドリンク一杯の値段が想像の範疇で高かったが、メニューをよくよく見ると、〈おかわり自由〉と書き添えられている。金持ちはやっぱり粋なことをするもんやなあ、と優子が言った。こうなりゃ、もう一杯、是が非でも飲みたい。でも予約した寄席が始まる時間が迫ってきていた。やめときゃいいのに、やっぱり二人はおかわりをした。そして舌を火傷するくらい急いで二杯目のカフェオレを飲んで、汗だくで浅草へ移動した。

夕方四時半に始まった寄席は、既に三時間が経過していた。プログラム通りにいくと、もうすぐ林家ぺーが出てくる。正直いって、ぺーさん以外は誰も知らないので、二人はぺーさんを見たら帰ろうということになっていた。しかし、皆同じことを考えていたのかぺーさんが終わると、ただでさえ三分の一しか埋まってなかった客席が、全員の顔を覚えられるくらいになってしまった。出遅れた二人は、帰るに帰れなくなって、このままもう少し見ていることにした。

カフェオレをおかわりしておいて良かったなあ、と優子が言った。寄席が五時間も続くんなんて思ってもみなかった。最後の「井戸の茶碗」という演目は抜群に面白く、残って正解だった。二人は興奮気味に寄席を出るとファミレスでご飯を食べて終電間近の電車に乗り、桜新町駅に着く頃には深夜十二時近くになっていた。高校時代に戻っていけばいくほどに、優子が帰ったあとの時間が怖かった。

駅前に停めた自転車に二人乗りすれば街の風が変わるのを感じる。いつだって運転するのは優子の役目だ。

「なあ、柿食べたいなあ」

気づくと今朝と同じ場所で優子は止まっていた。

「そやな、いずれこれも腐るだけやもんな」

「なあ、ちょっと取ってきてみるわ。このマンションの柿の木やったらわからんやろ」

優子は、自転車を停めると、大きなマンションの前庭に植わった柿の木の下に立った。近づくと思ったより高くて、ジャンプしてもまったくもって届かなかった。ムキになった優子が木によじ登ろうとするが、夜中にこれはさすがにまずい。

「警察がたまに巡回してんねんで、この辺。やっぱやめときよ」

「あー、高枝切りばさみがあったらなあ」

悔しそうに優子はまた自転車を漕ぎ出した。昔から、この筋肉質な厚い腰をつかんでいると、何だってやれそうな気になったが、さすがにこればかりは無理だ。家に帰ると、既に夫は寝ていた。いつもなら一時頃まで起きているくせに。

「アマゾンで買ってみたらどうやろう？」

と優子が言った。何が？　と思ったら高枝切りばさみのことだった。優子はいつだって執念深い。好きな人には二度でも三度でも告白するし、インターハイをかけたバレー部の最後の試合では、小指を骨折していたのに最後の最後までトスを上げ続けて優勝をもぎとった。そして小鳥だって負けず劣らず執念深い女だった。その隣でアタックを打ち続けてきたのだから。思えば小学校の頃から、優子の上げてくれたトスを打ち続けてきた。

「そやな。アマゾンプライムやったら明日には届くで」

小鳥は高枝切りばさみをポチッとした。

優子が帰る日の早朝、二人は住宅街を、高枝切りばさみと脚立を抱えて歩いた。まるで朝練みたいやなと優子が言った。朝六時前とあって、まだ人々は寝静まっている。

「普通にな、普通に。堂々としてたら何も怖いことあらへん」

自分に言い聞かせているように優子が言う。

「そやな、普通に。普通に」

小鳥も優子の後ろを小走りでついていく。

スーツ姿の中年男性とすれ違うが、脚立にも仰々しいはさみにも気づくことなくスマホをいじりながら通り過ぎた。自転車に乗った学生も駅を目指し一目散に走っていく。野球部あたりの朝練だろうか。斜めがけした大きなバッグを自転車の荷台に載せた姿は、自分たちの頃から変わらなくて懐かしかった。それぞれの朝が足早に通り過ぎていった。この人達が今そうであるように、自分も今まで誰のことも見ていなかったのだと小鳥は思った。

警察に声をかけられたときはこう言おう、住民に怪しまれたらこうしようと、綿密に計画を立てていたのに、拍子抜けするほど誰も見てはくれなかった。殆どの人はここに柿の木があることにも気づいていないのだろう。マンションの住民やオーナーさえも柿を買って食べているのかもしれない。

マンションの柿の木は、しんどそうに枝をしならせて鈴なりに実をつけていた。優子は植木業者になりすまして脚立を立て、その上に登って物干し竿みたいなはさみで柿に狙いを定める。柿の一メートルほど先の二階の部屋からは、電気シェーバーの音が響いている。その隣ではトントンと野菜を切る音が聞こえて、人々の一日が始まろうとしていた。小鳥は何だか胸がぎゅっと熱くなるようだった。

ドサッと音を立ててファースト柿が地面に落下した。

「ちょっと！　やばいやばい。キャッチ機能あったやろ？」

小声で優子に注意する。もし誰かがベランダに出てきたら試合終了だ。優子はぺろっと舌を出して謝ると、何度か実のついてない枝先を切ってキャッチ機能の練習をした。そしてそこからは、プロのようにスムーズに柿を取り始めた。はさみで切っては、ユーフォーキャッチャーみたいに小鳥の頭上まで柿を運び、小鳥はそれを紙袋の中に収めていく。

十分ほどで紙袋はいっぱいになった。

「なあ、もうええんちゃう？　小鳥んち、こんなに柿あっても腐るだけやろ？」

「えー。ここまで来たらもっと取りたいわ。ほんであんた大阪持って帰ればええやん」

「まあなあ」

今度は小鳥が脚立に登って柿を取る。同じようにキャッチ機能を練習して、柿を取りはじめると、楽しくて楽しくて夢中になってしまった。長い枝の先にぶら下がった柿は思いの外重くて、二ついっぺんに切れてしまったときなんかは、落としそうになる。

「はよはよー。はよ取ってー」

笑いを殺しながら、優子の手元に確実に柿をまわす。まるであの頃に帰ったような胸の高鳴りだった。真面目くさった顔で優子は柿を袋に入れた。

インターハイを勝ち取ったあと、優子はすぐ病院に運ばれドクターストップを受けた。お陰で肝心のインターハイは一回戦負けだった。何度も何度も監督に食い下がって、自分は出られると訴えたが叶うわけはなく、優子はベンチで地団駄を踏みながら声を出し続けた。あれを最後に二人ともきっぱりバレーとはおさらばして、優子は看護師になり、小鳥は結婚して大阪を離れた。

「もうええんちゃうの。あんた、そろそろ旦那さん、会社行く時間やない？」

「うん、ほな帰ろか」

改めて柿の木を見上げてみると、どこを取ったかわからないくらいに、まだまだ実っていた。帰り道、すれ違う親子や小学生たちの誰も、自分たちを見るものはいなかった。

「自意識過剰やったな」と優子が言って、何が可笑しいのかわからないが二人は終始にやにやした。

帰ったら、夫は出かけた後だった。

「なあ、あんたらうまくいってんの？」

「ああ、うん。どうやろなあ。柿は間違いなく一緒に取ってくれんな」

「まあ、それできる旦那やったらうちも結婚したいわ」

と言って優子は銀歯を見せて笑った。そして、玉入れの最後みたいに、袋の中から「いーち、にーい、さーん」と声を出しながら一緒に数えた。よんじゅにーと言って、吹き出し、床に倒れて笑い転げた。可笑しくて可笑しくて、明日からを思うと泣けてきそうだった。さっそく優子が柿をむき始める。その間に、小鳥は昨夜タイマーにしていた洗濯を二階へ干しに行った。

ベランダの上に広がる小さくて大きな空に、羊の毛のような雲が連なっている。何かを成し遂げた朝は気持ちがいいもんだ。あの高枝切りばさみで、来年は一人で柿を取りにいけるだろうか。優子なしでも。夫のトランクスを持ったまま空に大きな伸びをしたとき、

「げげげー！　渋柿やー!!」

という優子の叫び声が、ベランダを通り越して青空の向こうまで突き抜けていった。

「うそやー！」

小鳥は階段を駆け下りた。

優子がせっせと皮をむいてくれた四十一個と半分の柿が、立派に干し柿となり古びたベランダに揺れている。二人の柿への思いがここに実を結んだわけだが、渋を抜いてまで柿

を食べようと考えた先人の執念はすさまじいものだと思った。生命力とはそういうことを言うに違いない。

小鳥はパジャマのまま一口しかないコンロにやかんをかけ、何もない部屋で干し柿を食べた。干し柿ってこんなに美味しかっただろうか。高級フレンチで食べた子羊のなんちゃらよりも、カウンターで食べた寿司よりも、ゴディバのチョコよりも自分達で取ってきて手でむき、干した食べ物は至極であった。部屋の広さが五分の一になったはずなのに、随分と広く感じるのは、この柿が美味しすぎるのと同じことだ。何よりもこの自由が美味しく清々しい。

あの夜、夫は、干柿が並んだ物干し竿を見た瞬間、何かが吹っ切れたように別れを切り出した。反論もしないが言い訳する必要ももはやなかった。

――朝っぱらから電話が鳴った。

優子が昨夜のメールを見たのだろう。相談する必要がない程にスムーズにゴールテープを切ってしまったから、この気持ちをどう説明すればいいかわからない。でもやっぱり優子の電話が嬉しかった。

「あんた、どうすんのやー。干し柿ごときで離婚て、あほか」

「あんたのせいやろー。目覚めさせたんはあんたや。あんたが教祖様やろ」

「干し柿の教祖って。うれしないわ」

「まあ、あと四十個食べてから考えるわ。とりあえず、干し柿食べにきいや」

「ほんまやな。ほな今度の三連休にまた行くわ。ほんで今どこにいんの？」

大阪に帰った方が早い気がしたけど、何となく小鳥はまだここにいようと思った。優子くらいにゆるぎなく自分になるまでは、まだここで来年も柿を干そうと思った。

ロンドン

　地元に帰っても基本やることがなかった。高校時代の友人と、大型ショッピングモールに集合して映画を見て、フードコートでご飯を食べて、ドトールでコーヒー飲んで旦那の悪口と子育ての話を聞くだけだ。

　美月は話を聞いている間中、早く東京に帰って単館でしかやってないフランス映画を一人で観ていたかった。高校時代の先生の話はもう飽きたし、隣のクラスの誰かが離婚した話もどうでもよかった。東京なんて人の住むところじゃないと言われたって、実際日本の人口の一割が住んでいるし、結婚しないのかと聞かれても答えは一年前と代わり映えしない。相槌だけ打ちながら、ときどき向かいのドラッグストアで働く店員の秘めたる才能について妄想したりした。こういう場所にこそ鬼才が潜んでいるに違いない。

「ちょっとトイレ行ってくるね」

　と言って席を離れる。お盆だからかフロアは人でごった返していて、見渡すと殆どが家族連れだった。子供を乗せたカートを押す夫婦の多くは自分より年下で、髪の毛も服もよれてダサいのに安心しきった顔をしている。美月は陸に上がったウミガメのように息苦しかった。やっぱり、ここは自分が来る場所ではないのだ。早めに切り上げて東京に帰ろうと思った。

トイレを済ませて何となくドラッグストアで日焼け止めを見ていると、トントンと肩を叩かれた。

「美月、だよな。久しぶり。ハフフフフッ」

驚いて振り返ると、そこには、十五年前の面影を残した男が立っていた。

「卓ちゃん？　びっくりしちゃった。ロンドンから帰ってきてたの？」

「フフッ。そうなんだよね、向こうのデザイン事務所で働いてたんだけど、この春にこっち帰ってきてさ。クフフッ」

控えめに喋る卓也は知的さと大人の色気をまとった素敵な雰囲気の男性に見えたが、会話の始まりと終わりに、小さく変な笑い声が入る喋り方は昔のままで、全てを台無しにしていた。ロンドン仕込みだろうか、黒のハットをかぶり、細かなレースが施されたアバンギャルドな白シャツとベストという出で立ちはオシャレすぎてこのショッピングモールの中で明らかに浮いている。

「なんだか、美月は綺麗になったね。フフフ」

「やだな、もう三十五だよ。卓ちゃんも大人っぽくなったね」

大学時代二年間付き合って、留学したいからと突然ロンドンへ行った人だ。しばらくは連絡を取り合っていたけれど、次第にその数は少なくなり、自然消滅したのだった。今の自分なら休みをとってときどき遊びに行くだろうし、あわよくばそのままゴールインして、今頃はロンドンに住んでいたかもしれない。あの頃はそんな度胸も野心もなかった。

「美月は、今もこっちにいるの？」

「ううん、東京で働いてて。お盆だから帰省して友達とご飯食べに来てたんだよね。この辺、ここしかないじゃん？」

「クフフフフッ、そうだね、確かに。ごめんね、折角の時間を邪魔しちゃって」

「全然いいの。大した話もしてないし」

美月は、慌てて首を振った。

「いつまでこっちいる？　魚の旨い店があるんだけど一緒にどうかな？　俺もロンドンから帰ってきたばっかだから詳しくはないんだけど、親父に連れてってもらって美味しかったからさ。ハフフッ」

「あ、うん！　まだしばらくいるから大丈夫だよ。お父さん元気？　一緒にお酒飲んだことあったね」

「ハフフフ。あったね。美月は酒強いから先に親父の方が潰れたよな。タハハハハッ」

マイラバの「ハローアゲイン」が変なアレンジになって流れる店内でＬＩＮＥを交換し、

美月は軽やかにフードコートに戻った。

二人はＬＩＮＥのおかげで学生の頃よりも頻繁に連絡を取るようになった。当時これがあれば遠恋もクリアできたのかもしれない。最近良かった映画や舞台の話、ロンドンでの生活、仕事のこと、趣味のボルダリングのこと。思い出話ではなく、今現在の話をした。美月はこういう友達がほしかったのだと思った。だからと言って、今更また恋人同士になることは考えられない。生活リズムを崩されることも、時間を奪われることも、それに慣れようと努力することも面倒だったし、そんなことにエネルギーを削がれるくらいなら、友達でいるほうが余程建設的だと思った。

だから、卓也が結婚しているのか、していないのか、子供がいるのか、いないのか、彼女がいるのかさえ、美月から聞くことはなかった。同じように聞かれることもなかった。気にならないわけではないが、気にしている自分がバカバカしくて、もっと意識の高いところで接していようと心がけた。

数日後、駅前のロータリーに集合して、美味しいという和食料理屋へ向かった。並んで歩いたとき、右隣の自分より少しだけ上にある肩の高さに学生時代が蘇って、不意に脈が速くなるのを感じた。ドキドキするのは、女性ホルモンを上げるのに効果的だそうだ。これは懐かしさに恋しているだけだ。一時の気の迷いに違いない。

同じ状況を味わっているこの人はどんなことを考えているだろう。自分に好意を持っているだろうか、ということを卓也も今考えていたりするのだろうか。あの頃より互いに成長した分、冷静に会えているはずなのに、流暢に喋る趣味や仕事の話は、まるでSNSに流れてくる情報みたいで全く本心は読めなかった。

東京とじゃまた遠距離になってしまうのだしやめとけ、と自分に言い聞かせる。いや、いっそこっちに帰ってくればいい。恋愛は面倒だけれど、結婚ならありだ。親や親戚ももろ手を挙げて喜ぶに違いない。こんな中途半端な田舎でロンドン帰りの男が手に入ることなんて二度とないぞ。いや待て、なぜ卓也はロンドンで結婚しなかったのだろう。顔はまあまあいいのだから、ずっとフリーだったとは思えない。もしかして向こうに恋人がいて、そのうちこっちに引っ越してくるのかもしれない。もしかして一度は結婚して別れてこっちに帰ってきたのかもしれない。もしかして……。

「着いたよ」

という声でハッと我に返る。玄関の水槽で伊勢海老の群れがヒゲだけ動かして、最後の時をじっと待っていた。

「フフフッ美味しそうだろう。ここの魚は全部地物でね、回転も早いから身の締りがいいんだよ」

「わー。おいしそう」

そういえば大学時代、卓也は友人とよく釣りに行っていた。美月も何度かついていったが、生きている魚を見ても美味しそうとは思えなかった。むしろ自分が来たことで息の根を止められるのだと思うといたたまれなかった。

小上がりになった座敷に靴を脱いで入ると、座卓に向かい合って座る。エビスの瓶ビールで小さく乾杯すると、お通しの煮こごりをつまみながら、少しの間沈黙が続いた。そのときだった。

「おい、原田！　やっぱ原田じゃんな」

ついたての向こうで、黒いキャップを斜めに被ったラッパー風の男が立ち上がった。

「おいおい。最近付き合い悪いじゃんか。LINEも既読になんねーし」

卓也は、顔を赤らめて、へらへらと笑っている。

「お、もしや彼女〜？」

オバQのTシャツを着た小太りの男が、小指を立ててにやりと笑った。すると、ミーアキャットみたいに、次々についたてから男が頭をのぞかせ美月を見た。

「いえ、大学時代の友達です」

と言って、美月はぺこりと頭を下げる。

「俺らは中学からの悪友なんすよー。よろしくぅ〜」

ラッパー風が汗ばんだ右手を出してくるので、ついたて越しに隣国の人々と恭しく握手するしかない。にしてもこの貫禄、どう見ても同い年に思えない四人組である。酔っ払った四人はついたて越しに「俺らの友情見ます？」とスマホの写真を見せはじめる。

「これが一昨年のクリスマスでしょ」

「こっちが、三年前の釣り」

そこには、ブラックバスを持ち上げた卓也が嬉しそうに写っている。

「え、三年前？　ロンドンだったんじゃ……」

と、問いかけた卓也の顔は、ブラックバスよりも青ざめて、酸欠みたいにぱくぱくしていた。言い訳を準備し忘れていたようだ。お盆に、同じ市内で同級生から逃げ切れるとでも思ったのだろうか。甘い。甘すぎる。そういうところに昔からイライラしていたのだと思い出した。

「おいおい。まだロンドンで騙してるのかい原田きゅーん。悪い男だよねえ」

四人は大笑いすると、あとは想像した通りの話をしてくれた。だんだんとどうでもよくなって、

「じゃ、もうみんなで飲みますか！」

美月はそう言って、国境の壁を取り払うと六人で飲み始めた。こういうときの自分の行動力はいつもどうかしているなと思うが、居直って二人で飲み直す勇気も、慰めてあげられるほどの包容力もなかった。

卓也がロンドンに行くと言い出したときに、引き止めた記憶も話し合った記憶もない。別れるのか、はたまた待っているのか、天秤にかけることもせず、流れに身を任せた。そもそも天秤にかけるほど卓也に夢中だったかというと、そうでもなかった気がしてきた。

「みっちゃんは仕事は何してんの？」

オバQが早々と下の名前を使いこなしてきた。

「広告代理店です。といっても事務ですけどね」

「お、やるね～！　ロンドンさんより余程優秀だよ～」

卓也は終始笑うだけで、四人にからかわれ放題だった。

伊勢海老の刺し身が二匹運ばれてきた。体は刻まれているのに皿の上でまだヒゲを動かしている。時折ギギギ、ギギギギギと、断末魔の叫びをあげて前進しようとした。それを見て、「お前は既に死んでいる」とオバQが持ちネタを披露する。全然笑えない。

「どうしたみっちゃん、食ってみ。ぷりっぷりで甘いよ」

魚や肉を甘みで表現するのが何だか苦手だった。半死の海老を目の前によく食べられるもんだ。ラッパー風が取り箸でごっそり身を取ると美月の皿に入れた。

「ロンドンには伊勢海老いた？　昔の話で忘れたか。お前ってマジな話、何年ロンドンにいたの？」

波に乗ったオバQはもはや誰にも止められない。いたたまれないという顔でミーアキャット二匹が首をすくめた。

「大学三年の秋からだから、いち、に……二年半かな」

これもきっとサバを読んでるだろうから、まあ一年ってとこだろう。卓也はロブスターは食べるけどさすがに伊勢海老はいないよと笑ってみせた。そのうち罪悪感が消え失せたのか、ライブハウスへ入り浸っていた話やイギリス人は雨でも傘をささない話、飯が不味すぎて帰ってきたんだ、などとおどけて話し始めた。休学中だった大学に戻って一応卒業した後は、こっちで就職して土日は俺らと遊んでるんだとオバQが付け加えた。オチのない映画は嫌いじゃないが、どれもこれも正直どうでもよかった。

「二人はあれですよね。大学時代付き合ってたんですかね？」

眼鏡のミーアキャットが初めて口を開いた。

「いや、俺らお邪魔じゃないかなって」

彼は比較的まともな人間らしかったが、今更置いていかれても辛すぎる。隙を見てこっちがおいとましたいくらいだ。

男たちが帰るだ、帰らねーだと揉めている中、伊勢海老は飛び出した目ン玉を更に飛び出させてまだ鳴いている。取り皿に入れられた身を口に運ぶ。口の中で確かにぷりぷりとねとねとを繰り返し、ただただ生身であった。言われた通り、うまかったのだろう。二切れ、三切れと海老に睨まれながら口に入れ、味わわないように飲み込んだ。胃袋の中で溶かされて小腸で吸収されていくのを美月は想像していた。他の生物の体がこの体内で別のものに変換されて、自分になっていく実感が怖かった。少々鮮度が劣っても、パックに入った切り身の方が気が楽だ。なるべく正体の見えないものが良かった。

同じように、つき合う理由も、ロンドン男との別れも、東京で仕事をこなす日々も、いつだって自分にとっては、大きな興味の対象ではなかった。流れに沿って生きるだけでお腹はいっぱいだ。どうしてみんなこんなに欲深いのだろう。留学したくて、旦那の悪口を言いたくて、生きたままの伊勢海老が食べたくて、いつも腹ペコで餓死寸前、周りばかりぎょろぎょろ見て。空っぽな癖に、そんなに手を伸ばすから怪我をするんだ。降ってきたものだけを受け取ればいいのに。

「俺たち、行きますよ」

ミーアキャット二匹が、オバQとラッパーを無理矢理連れ出すと、空間の均衡が崩れて、一気に居心地の悪い座敷になってしまった。頭だけになった赤い物体のヒゲがまだかすかに揺れているが、それがクーラーの風のせいなのか、自力で動こうとしているからなのか、分からなかった。

料理も酒も丁度なくなったので二人は会計を済ませて外に出た。街は黄色い提灯が揺れて、気持ちのいい盆の夜だった。こんな風に一生並んで歩くだけなら素敵なのにと美月は思った。

　シャッター街になった薄暗いアーケードに一箇所だけスポットライトがついている。近づいてみるとショーウィンドーの中で、純白のドレスが輝いていた。この街に残り、こういうのに憧れる女子になれていたら楽だったろうか。欲張りなのは自分の方かもしれなかった。

「伊勢海老、今日のはイマイチだったかも。ごめんな。季節の関係とかあんのかもしんない。ハハハッ」

　月が綺麗だった。言葉の群れは美月の頭二個分くらい後ろを飛び、ショッピングモールでかかっていた変なアレンジの曲みたいに全くもって鼓膜を揺らさなかった。

「それに急にあいつら来ちゃってごめん。迷惑だったよな。フフフッ」

　風が肩まで伸ばした髪をなでて、暑いけれど嫌な暑さではない。この男を除いては。どうやらこの男は、まだ伊勢海老の隣にいるらしい。そして自分の犯した罪だけは、ちゃっかり忘れられる能力をもっているらしい。

「今まで誰も叱ってくれなかったんだね」

　心の声が体の外にまで漏れてしまって、美月はハッとした。

「へ？」

「あ、いや、何でもないの。ごめん独り言！」

薬局のカエルの頭をなでながら、笑ってみた。漏れた言葉は夜空を滑りブーメランのように自分の胸に刺さって抜けなかった。そうか、誰も叱ってくれなかった。ちゃかすのと叱るのは違う。それと同じように、眺めるのと見つめ合うことも違っていた。

商店街を抜けても行くあてはなく、二人はただなんとなく、駅とは逆の方向に歩いていた。居酒屋の外のベンチに座った同級生らしい男達は懐かしそうな表情を浮かべて話し込んでいた。どこもかしこも誰かの思い出で溢れかえっている。

「美月はさ、今彼氏いるの？」

「いないけど……」

「今言うのもなんだけどさ、俺ってやっぱり美月のことが……」

大学二年の夏も、飲み会の帰り道こんな感じで始まった。もしかして、いつだってそうだったのではないか。次の人も次の人も、生ぬるい夜風のように流れてきては、また流れていった。美月は誰とも見つめ合っていなかった。だから、誰とも叱り合う仲にはなれなかった。

「もし遠恋になっても、今ならちゃんと向き合える気がするんだ。だからもう一度付き合ってほしい。それで……結婚してほしいって思ってる。こないだ再会したときからずっと考えてたんだ」

この男は自分なのだと思った。乾燥したビスケットを頬張っては喉が渇いて水を求めて。

水をあげても芽を出すことがないのは、心が薄いビニールシートで覆われているからだ。下はビスケットの癖にずっと表面だけを綺麗に取り繕って、その上を正確に水は流れた。傷つくこともないが、深まり合うこともなかった。

卓也は滔々《とうとう》と未来を語った。どこかのコピーライティングで何百回と聞いたことのある可もなく不可もないやつを。学生の頃はこんなに饒舌ではなかった。ビスケットならビスケットらしく軽くサクサクと笑っていやがれ。せめて本気と見間違いそうな嘘をつかないでくれ。それっぽい大人になろうとしないでくれ。

「付き合ってもいいよ」

と美月が答えると、卓也は大げさにガッツポーズする。

「やった！　今度こそは幸せにする。毎日電話するよ。それで時がきたら、こっちに帰ってきてくれないかな？」

しばらくの沈黙のあと、美月は卓也の顔を見つめて言った。

「うん、いいよ。でもね、昨日人事異動の連絡がきて。私、コートジボワールの支店に三年間いくことになったんだ。」

「コート……ジボワール……」

「それでも良ければ、結婚しよう。ふふふっ」

あんぐりと口を開けた卓也を置いて、さっきまで二人で歩いた道を踏み潰すように美月は駅へ向かった。うなじや額のあたりから汗が吹き出て、唇のまわりを舐めると塩の味がした。それはもう息絶えただろう伊勢海老が自分の体の一部になったからなのだと思った。

蟻の王様

電車の真ん中にアポロが一粒だけ落ちていた。甚太はよく焼けた指でそっと拾うと、制服のポケットのマッチ箱に入れた。スーツ姿の大人たちの流れに逆らうように学校へ向かう。すれ違う人に「おはよう」と言うと、みんなも「おはよう」って言ってくれる。世の中は別に悪い人ばっかじゃないんだと信じたい。校門の桜の木は山みたいに青く茂って、そろそろ蜘蛛が巣を張るころだ。

「じーんたー」

鉄ちゃんが教室の窓から手を振っている。あいつ、そんな上手じゃないのにこの春サッカークラブに入ったから、朝練らしい。四年生になって、塾とかそろばんとかクラブチームとか、やけにみんな忙しそうだ。

「ねねね、甚太、お前もやっぱサッカーやった方がいいと思うぜ。今度さ、ユースの選手がやってきて教えてくれることになってんだ」

鉄ちゃんはサッカー用の分厚い靴下のままシューズを履いていて、足元だけやたら逞しく見える。甚太は、あんまり興味ないんだと言った。

帰り道、友達に気付かれないように家の方角と逆の一本はずれた小道を入っていく。川に沿って歩くと、ビルに囲まれるように古ぼけた小さな社が現れ、その隣には「道祖神」と彫られた石碑もひっそりと立っている。グオングオンと高架からは自動車が往来する音が響いていた。甚太は、肩から下げた水筒の残りひと口を飲み干した。

太陽が陰って急に涼しくなったかと思うと、風が街路樹を順番に押しのけながら走っていく。甚太の黄色い帽子も飛ばされそうになって、慌てて頭を押さえた。いたずらな風が通り過ぎるのを待って、ポケットの中のマッチ箱を取り出し、カラカラと鳴らした。

「アポロあります。それに、金平糖とパンくずも少しだけ」

風が再びザーと唸って、楠の大木を揺らした。

「開いてますどうぞ」

社から声がしたかと思うと、地面にマンホールと同じくらいの木の扉ができた。両開きの木戸を引き上げるといつものように簡単に開いた。甚太は左右をきょろきょろと確認して、地面の下へと続く階段を降りていった。

「アッポーロ、アッポーロ、アッポーロ、アッポーロ！」

みんなが手を叩きながら、足元によってくる。甚太はマッチ箱からもったいぶってアポロを取り出し、木の葉の上に置いた。

「うむ、これは上玉。富士山の崇高たる円錐、見事じゃ」

長老蟻はそう言うと、念仏を唱えはじめた。するとみるみるうちにアポロは大きくなり砂場の山くらいの大きさになった。子蟻たちがわさわさと集まってきて、

「ね、食べていい？　食べていい？」

と、待ちきれない様子で長老蟻におねだりし始める。

「よしよし、よかろう」

「甚太さん、ありがと、ありがと」

口々に礼を言うと、順番にチョコレートの山を小石でけずって小脇に抱え、方々に散らばると夢中で食べ始めた。甚太はみんなを踏まないように注意しながら、石の椅子に腰掛けた。金平糖は子どもたちに見られないように貯蔵庫に入れておいて、パンくずは青年会の方へ寄付することにした。

「甚太さん、いつもすみませんね、やあ、この辺り、どこもかしこもアスファルトになりましてね、危なくて、ここんとこなかなか外へ出らんなくてねえ。こんな新鮮なのは久々ですよ」

青年会のリーダーがパンをつまみ食いしながら言った。蟻たちの声は、ひんやりと冷たい土壁にぶつかって響いて、まるで日曜の教会の中にいるみたいだ。

「ささ、どうぞどうぞ」

木の器に入れられた水が運ばれる。ほのかに甘いその水は、地下水に木の樹液を混ぜたもので、溶けたかき氷のような、癖になる美味しさなのだった。甚太は時々、ここへお菓子等を寄付しては、蟻たちの踊りや歌を楽しんで帰っていた。青年会の会合に監査役として入るときもあって、議題はもっぱら後継者不足についてと、働き方改革という二点だった。働き蟻達がストを起こして冬を越せない集落が出てきているというのが、一番大変な問題らしかった。こうしてアポロを持ってきてくれる人間の子どもも減ってしまい、今はついに甚太だけになったと嘆いた。

「それで、あっしらの話ばかりではかたじけないですからね、甚太さんは何か悩んでいることや悔いていることはございませんかね」

「悔いていること？」

「そうです。長年生きてりゃね、ああ、やっちまったなということの一つや二つ出てくるでしょう。だってもう十年も生きてらっしゃる。そりゃもう、長老よりも年上なわけですからね」

青年会長はおかわりの水を持ってこさせながら、ペラペラと喋った。甚太は悔いていることについて考えた。サッカーチームに入れなかったのは、家にお金と暇がないからだ。スパイクやユニフォーム、遠征費やお弁当、一人で働いている母さんに言えるはずもなくて、先生からもらったプリントはすぐに捨てた。でも別に悔いてはいない。そこまでやりたかったかと考えると、そこまでとは思わないから。悔いていること、悔いていること……。そしてそっと口を開いた。

「おばあちゃんが施設にいっちゃったんだ」

「ほほほう。施設といいますとあれですか、老人の介護かなにか、そういった類の」

「あ、うん。サコウジュ、というとこなんだ」

「サ・コウ・ジュ？」

「そう。サービス高齢者向け住宅の略なんだってさ。お年寄りがみんなで住んでいるところだよ」

「そりゃまた、嚙みそうな名前ですね」

「おばあちゃん、足を悪くしておじさんの家で暮らしていたんだけれど、おじさんも忙しいからって、それでサ高住に入ったんだよ」

「ほほほう、でもそれは何でしょ、本人も望んで行ったんでしょう。迷惑かけちゃいかんとかね。こっちでも、最近そんな風ですからわかりますよ。幸せってのは案外飛び込んでみたとこでも見つかるもんですぜ。ですから何も甚太さんが悔やむことないんじゃないですか」

「いや、そのことじゃなくて、おばあちゃんが大切に育てていた盆栽や、苔や、高山植物があってね。僕がベランダで育てるってもらってきたんだ。頼むよって、手入れの仕方も教わって。でも枯らしちゃったんだ」

「ありゃま」

「その植物、僕のおじいちゃんの形見なんだ。遊びに行くとおばあちゃんいつも大事に手入れしてた。最初は毎日お水あげてたんだよ。でもしばらく雨が続いて、止んでからも三日間忘れてしまって。気づいたときには茶色くなってた。たった三日でだよ。絶対に元気に育てるよって約束したのに、枯らしてしまったんだ」

「ははあ、高山植物は育てるのが難しいですからね。苔だってそうです、初心者には無理ですよ。まあ、おばあ様に言わなきゃわからんことでしょうからな。でも、甚太さんはお優しい方ですから、そんなに心痛めてらっしゃるなら、あっちの村の青年団に言っておきやすよ。栄養なんかを適度にやるようにってね。なーに直によくなると思います」

「本当？　ありがとう！」

「多分ダンゴムシ軍団の仕業だと思うんですよね。あいつらは苔大好きですから、すーぐ根っこを食い荒らします。地中環境のことなんざあ、ちっとも考えてねえ。虫学会にも全然出てこない暴走集団ですから、お気をつけなすった方がいいでしょうな」

「へえ、ダンゴムシが。わかった気をつけて見てみるよ。じゃあ、そろそろ行かなきゃ」

帰り支度をしていると、長老がゆっくりゆっくり歩いてきて言った。

「植物様ってのは我々よりはるかに神々に近い。心を読む神通力をお持ちなのじゃ。だから な、そう簡単に別の場所に宿ってくれるものではないのだ。まあ、じっくりおやんなさい。大切なのは心じゃよ、心」

「はい、わかりました」

甚太は、眠った子どもたちを起こさないようにそっと階段を登り、木の扉を開けると、きょろきょろと周りを見渡して、地上へと帰った。帰り道のずっと果てに太陽が沈みはじめていた。赤く染まったビルの影が重なり合ってその影をケンケンパと飛び越える度に、ポケットの中で空になったマッチ箱が跳ねた。

アパートの鍵を開け部屋に入り、ベランダの洗濯物をとりこんで一つずつ畳んでいく。龍助はまだ保育園に行っていて帰ってなかった。どうせお迎えに行った母さんが先生と長話をしているんだろう。ラジオをつけてテーブルの上のハッピーターンを食べながら、母さんの服や、龍助の靴下を丸める。太陽を吸い込んだ肌着は蟻の世界にはない香ばしい晴れやかな匂いだ。龍助の服はまだほんのり赤ちゃんの匂いがして、弟の成長が嬉しいような寂しいような気がした。

制服を脱いでハンガーにかけると、冷蔵庫の人参とキャベツと豚肉を刻んでざっと炒める。将来は料理をする人になりたいなと思っている。去年までは回転寿司で働きたいと思っていたけど、今は寿司以外を作るのも魅力的だと思う。

大皿に盛り付けてテーブルに置くと、こども部屋の小さなベランダへ盆栽を見に行った。二段になった鉢置き場の隅っこでやっぱり苔は枯れたままだし、名前のよくわからない花も今年は芽を出していなかった。茶色くなった苔の頭を引っ張って持ち上げると、あ、ダンゴムシ軍団だ。手の上にダンゴムシを載せる。ひとつ、ふたつ、みっつ、よっつ、いつつ……いるいる。とんでもない数だ。そいつらを二階から下の駐車場にばらまいてやった。下で元気に生きろよ。それからジョウロに水を入れてたっぷりとやる。たった三日で枯れてしまうなんて。でも三日間、龍助にご飯を食べさせなかったらと考えるとゾッとする。おばあちゃんは、おじいちゃんが亡くなってからの二十年間、ひとときもおじいちゃんのことを忘れずにいたから枯らさなかったんだ。

これだけダンゴムシがいたってことは、やっぱり根が食い荒されて腐ってしまったのだろうか。そうだ。甚太は台所から砂糖を一つまみ持ってきて、鉢の脇に小山を作ってみた。これでコンクリートの上でも蟻たちがやってきてくれるかもしれない。

おばあちゃんは一人で寂しくないだろうか。ハッピーターンと野菜炒めを交互に食べながら考える。クラスのみんなと暮らしていると思えば、それはそれで楽しいかもしれない。だけど林間学校の間だけじゃなく毎日だ。四六時中うるさいやつもいるし、気が休まらないだろう。龍助も母さんもいない世界を想像する。ガランとした部屋の中は慣れてしまえば平気かもしれない。だけど洗濯物や赤いスリッパやドラえもんのふりかけ瓶を見てしまうと、胸がぎゅっとする。寂しさっていうのは、思い出や匂いがもってくるものかもしれないと思った。それは案外、嫌なものではないが、これがずっと続くならやっぱり耐えられないと思った。


廊下が騒がしくなって、ただいまーと玄関のドアが開いた。

「ごめんごめん、先生と立ち話してて遅くなっちゃったー」

母さんと龍助がスーパーの袋を抱えて帰ってきた。

「ほら、これおばあちゃんから手紙きてた。甚太宛にだよ」

白い封筒には花と白いウサギの切手が貼られている。

「あらまあ、もう野菜炒めできてるのですねシェフ。助かるー」

母さんは冷蔵庫から取り出した味噌汁の鍋を火にかける。ラジオから〈ジュボボボーン〉と六時を告げるジングルが鳴った。

「ジュボボーの時間だよ。お腹しゅいたよーう」

龍助が野菜炒めの肉だけつまんで食べ始め、母さんが注意するいつもの夕暮れだ。甚太は隣の部屋に行って、頑丈に糊付けされた白い封筒を開けると、おばあちゃんの部屋の箪笥の匂いがした。

美しい人

飴色に光る真鍮の取っ手を押すと、木の扉は鈍い音で開き異世界へと誘った。爆音で流れるオペラに、時男の細胞は一斉に分裂を始める。奥でレコードを片付ける女性店員に二階を指差すと、一見さんは上ることの許されない上階へと進んだ。

風俗街の入り口にある「名曲喫茶ヘブン」は、まるであの世への関所だった。再開発でビルが乱立した迷路の街をくぐり抜けると、戦後から変わらぬ佇まいでひっそりと建つレンガ造りの館が現れる。大正時代からあるそうだが、空襲で焼けて戦後に再建されたと聞いた。

吹き抜けになった二階まで、正面の壁を覆うように巨大な木製スピーカーが三台も取り付けられ、クラッシック音楽が大音量で流れ続けている。一階と二階を合わせると二百ある客席は全てスピーカーに向かって並べられ、コンサートホールさながらだが、そこに座るのは、今日も数人の観光客と学生らしき若者だけだった。壁に貼られた携帯電話の絵には斜め線が引かれ、「写真撮影はご遠慮ください」とあり、その隣には「会話はご遠慮ください」と書かれているが、これはもちろん通話禁止というだけではない。友達同士で来てルールを知らず喋っている人の元へは、店員が静かにやってきて静かに注意し、すごすごと出ていくことになる。初めて来たときはまるで注文の多い料理店だと思ったが、今は教会にいるような神聖な場所だ。

初めてヘブンの扉を開いた時、時男は体中の毛穴が開くのを感じた。それは高校時代初めてパンクを聴いたときと同じ衝撃だった。時男の中のクラッシックの概念は打ち消され、最も新しいものとして目の前に現れた。ロマン派やバロック、もっと昔の音楽家たちの情熱や苦悩が目に見えぬ魂になって飛びかかってきて、むくむくと野心の湧くような気配すらした。

重厚な柱やシャンデリア、赤いビロードの椅子に染み付いているのはタバコの臭いだけではなさそうだ。毎日、滴るばかりに音楽を吸い込んだ店の備品には、妖気のようなものがへばりつき、それがこの喫茶店の歴史を作っていた。時代に流されることなく突っぱねることもなく、ただただ積み重なった、自分とよく似た臭いだった。

所定の椅子に腰を下ろすと、家に帰り着いたような安堵感に包まれる。ネクタイを緩めジャケットを隣の椅子にかける。ズボンからジッポを取り出すとタバコに火をつけ深く息を吸い、目を閉じた。

「いらっしゃいませ」

足音もなくやってきた女性店員は消え入るような声で挨拶すると、無表情でテーブルに水を置いた。時男はいつも通りブレンドコーヒーを頼む。覚える気がないのか「ミルクとお砂糖はおつけしますか？」と毎回聞いてくるあたりも、この店に限っては正解だった。全てのテンポが音楽よりも規律正しく、決して境界線を越えてこないのが、九十年続く秘訣なのだろう。「いらないです」と答えて、読みかけの本を開く。

時男は頻繁にヘブンで仕事をサボっている。いや、エネルギーをチャージしている。出版社の営業を始めてもうじき二十年、いくら世の中がデジタルに移行したといってもこの業界は足で稼ぐしかなく、来る日も来る日も新刊を持って書店を回った。売れるも売れないも書店員が本を気に入って売る気になってくれるかどうかにかかっているため、大手の書店員と仲良くなることが必至だったが、時男はてんで駄目だった。自分が本当に面白いと思ったものだと熱意をもって薦められるが、当然そういうものばかりではなく、すぐに顔に出てしまった。元々編集者志望で入ったのに、真逆の性質をもつ営業が務まるわけがない。いつかいつかと思いながら二十年が経ってしまったのかと思うと、この先も小説になりそうにない人生だ。

レコードが止まり、マイクのノイズが聞こえると階下で女性店員の声がする。

「只今の演奏はミヒャエル・ギーレンによる「東京ライヴ　１９９２」。ウェーベルン作曲のパッサカリア……指揮は……」

二時と六時には演奏会と称して、決まってコンサートのレコードがかけられ、曲目が淡々とアナウンスされた。時男はそれを狙って二時前に来るようにしていた。目を閉じて演奏を聴き、土砂降りの雨のような拍手を浴びていると、まるでオペラハウスにでも来ているようだった。カーテンを締め切った室内は、昼下がりだということも、ここがどこかも、自分が何者だったかも忘れさせた。

しばらく瞑想に入っているうちに、床下がガタガタと揺れ、珍しく新しい客が二階席へやってきたようだ。うっすらと目を開けると、丁度スピーカーの前の席に髪を肩まで下ろした女性の後ろ姿が見えた。先ほどと同じ店員がオーダーを取りにくる。目隠しのついたてがあってよく見えないが、髪の毛がシャンデリアの光を反射して美しく光っている。

昼間に一人でヘブンに来るなんてどんな女性なのだろうか。すごくいいところの奥さんか、場所的には風俗嬢の休憩か。にしては硬派な雰囲気である。それでいて適度に色気は漂っているのがいい。髪を耳にかけると細いシルバーのリングピアスが光った。変に装飾がなくシンプルな輪っかだけというところにセンスを感じる。流石、都会の女性だなとしばし見とれてしまった。

「コーヒーを、ミルクとお砂糖少し入れてお願いできます？」

女性の声ではっと我に返った。よく似た声の人もいるものだ。時男は目を細めて女性を凝視した。

　メニュー表を返そうと、ちらりと店員の方を向いた女性の横顔。やっぱり似ている。化粧した顔をもう随分見ていないが、確か口紅を塗ってアイラインを引けば綾瀬はるかを丸くしたような顔になっていたはずだ。カバンから眼鏡を取り出して、もう一度身を乗り出し確かめる。妻だ。妻の翠に見れば見るほど似ている。

　いや、そんなことあるはずがない。家からは電車で一時間半はかかるし、ここへ来る理由もない。第一、妻がこれほど艶っぽいはずがないではないか。今頃いつものフリースの部屋着でソファに座ってテレビでも見ているだろう。大丈夫だ、俺の妻はこんなにイカした女性ではない。言い聞かせれば言い聞かせるほど時男の心臓は鼓動を速め、額にはうっすらと脂汗が滲んできた。

　でも、もしこれが妻ならどうする。家から一時間半も離れた風俗街で主婦が一人、何をしているというのか。二階へ上ってきたのをみると、何度も来ている常連に違いない。夫を会社へ、子どもたちを学校へ送り出したあと、都心に出てきて何をしているというのか。

　女性はファーのついた上品なコートを脱いで隣の椅子に掛けると、まるで恋人を待つ学生のように腕時計を気にしながらコーヒーをすすった。

「只今の演奏はマーラー作曲の交響曲第五番嬰ハ短調……」

　かったるい声でアナウンスが入り、次の曲が始まる。時男はここに来るまでクラッシックについては何も知らなかった。今だって長いタイトルを聞いても右から左へ抜けていく。翠も知らないはずだ。音楽の趣味があったなんて聞いたこともないし、コンサートどころかカラオケさえ一緒に行ったことがない。

だとすると、本当に浮気だというのか。時男は斜め後ろからじっと女性を見つめた。背もたれに寄りかかって、時折音楽に合わせて頭を左右に揺らしながら、妻とよく似た女性はじっと何かを待っているようだった。もしかすると、ここで男と落ち合ってホテルへ向かう気なのかも知れない。ホテルと風俗しかないエリアなのだからそれ以外考えられないじゃないか。苛立つ時男をよそに、頬杖をつきながら女性は音楽の中に溶けていく。髪をかきあげた横顔には、シルバーのリングピアスが光を集めゆらゆら揺れていた。

そろそろ会社に戻らねばならない時間になったが、このまま帰るわけにはいかない。上司に「打ち合わせが長引いています」とメールを入れると、引き続き女性を見張ることにした。

女性が急に立ち上がりこちらに向かってくるので、慌てて顔を窓の方へ向けた。後ろにある本棚から迷いなく一冊の本を抜き出すと、また自分の座席へと戻った。あの赤い布張りの表紙は明治の末に刊行され、昭和中期に再版された小川未明の童話集に違いなかった。ここに通い始めた頃、時男もその本を手にとり読み耽ったからだ。女性はその真ん中のページあたりを開いた。きっと続きを読むのだろう。

やがてピアノ協奏曲に混ざって、鼻をすする音が聞こえてきた。女はスカートのポケットからハンカチを取り出し頬を押さえ始めた。今どの辺を読んでいるのだろう。貧しくてどこへも行けない少女が海の向こうへ思いを馳せている辺りだろうか。ベートーヴェンの弦楽四重奏をバックに、肩を震わせている妻かもしれない女の後ろ姿は美しかった。童話集を読み終えたのか、女性は腕時計を確かめ足早に立ち去っていった。丁度子どもたちの帰ってくる一時間半前だった。

深夜、仕事を終えて家に帰る。

テーブルには「温めて食べてね」と、娘の丸っこい文字と一緒に一人用の土鍋が置かれてある。鍋をコンロにかけていると二階から翠が下りてきた。眼鏡に髪を束ねたいつものフリース姿だ。

「おかえり、今日も遅かったのね。お疲れ様」

「ただいま……ごめん、起こしちゃったね」

「ううん。お風呂まだ抜いてないから追い焚きしてね」

そう言い残して階段を上ろうとする妻を呼び止めた。

「翠、あのさ……最近、子ども達と読んで面白かった本とかある？」

昼間のことが頭から離れず、咄嗟に口走ってしまった。

「二人がはまってる本は、クマのパディントンとねえ。あとー」

「小川未明とかは？」

眼鏡の奥の妻の目が泳いだように見えた。

「えっと。その人なんやっけ。えーと。あ、思い出した。人魚と蠟燭の話の人だよねえ。私達の頃は教科書に載ってたよね。でもこの頃は図書館でも見かけへんし、子どもたちも読んだことないんじゃないかなあ。どうして？」

翠は焦ると昔から関西弁が混じった。

「そうだよな。知らないよな。明治時代の人だもん。いや、今度児童書も担当することになってさ。どうかなと思って」

「そうなんだ。ふーん。いいのあったら二人にも教えてあげて。明日お弁当の日だから先寝るね。おやすみ」

あくびをしながら二階へ上っていく妻の後ろ姿に昼間の女性のオーラはない。髪の毛はぼさぼさだし、あの人より一まわりはふくよかだ。きっと他人の空似だったに違いない。

コンロから鍋を下ろしテーブルの上に置こうとしたとき、隣にあった箸に当たって一本転がしてしまった。追いかけてしゃがみこむと、ソファーの下に何か光るものが見える。手を伸ばして恐る恐る摑み寄せたものは、シルバーのリングピアスだった。再び心臓がどくどくと脈打ち始め、背筋が冷たくなっていく。――なんだ、よく見ると子どものプリントを留めているただの文房具のリングじゃないか。それにしてもよく似ている。自分の耳もとに当ててみると、丁度昼間見たのと同じ大きさだった。時男は輪っかを開けたり閉めたりして確かめた。あれはもっと細かった。それにこんなに安っぽい色ではなく深みがあった。そもそも自分の妻に限って嘘をつくはずないではないか。二人の娘たちの良き母で、自分にとっては賢い妻で。結婚して十年、いつだって家族を照らしてくれる太陽のような翠がそんなことするはずない。

時男は必死に気持ちを落ち着かせると、テーブルにリングを置き、土鍋の蓋をあけた。もはや食欲は失せ、何も喉を通らなかった。立ち上る白い湯気の中、チゲ鍋がグラグラと煮えていた。

自販機のモスキート、宇宙のビート板

夜のキャンバスは、湿気ったクラッカーの上みたいだ。今日を満月にしてくれた神様に小夜子《さやこ》は心の中で「ありがとう」と言った。鈍感すぎなければ、大澤くんは小夜子が自分を好きだと気づいているだろう。

ひょろりと背の高いこの肩の隣に並んで歩くのは、椚《くぬぎ》の木の下で待ち合わせた初夏以来だから、三カ月ぶりか。黒いコンバースが自分のために動いていた。

「なんか飲む？」

大澤くんが自販機の前で立ち止まる。

「あの、でも私、部室に財布置いてきちゃった」

小夜子は小声でおまけに早口で言った。大澤くんは黙ってズボンのポケットに手を入れて開くと、掌には何枚かの小銭が載っている。左からも、お尻のポケットからも出して、それらの中から何枚かをリズムよく自販機に入れる。

「どうぞ」

「すごいね、マジシャンみたい」

小夜子は、緊張してもう胸のあたりがひどく苦しくって、ジュースの種類なんてちっとも頭に入らなかった。

「お、大澤くん先にどうぞ」

大澤くんは、ジャワティーを押した。多分選んでない。大講義室で見かけたとき、大体いつもそれを飲んでいる。他のは目に入っていないのだと思う。子犬が階段を駆け下りるみたいにおつりが出て、それをかき集め取り出す白い細い寂しそうな腕、その先の理想的な指先、整った短い爪。そしてまた小銭を滑り込ませる。

「どうぞ」

優しくて冷たい声。小夜子も今度は迷わずにジャワティーを押した。缶の落ちる音が夜の静寂《しじま》にこだまして、無人島みたいだね、と言いたかったけど、

「ありがとう。後でお金返すね」

と、とてもつまらない言葉しか出なかった。

今日は、いつものモスキート音が聞こえない。鳴らない自販機もあるのだろうか、それとも聞こえなくなってしまったのだろうか。自動販売機は、わざと若者にしか聞こえない、蚊の飛ぶときの嫌な高音が鳴るように作られていると先輩が言っていた。夜に青少年がたむろしないようにだそうだ。その音は、年とともに聞こえなくなるというから、小夜子は

気が気じゃなかった。小学校の頃から苦手だった学校生活にやっと少しだけ馴染めてきたのに、まだ大人にはなりたくなかった。

二人は、ジャワティーを飲みながら歩いた。毎日行き来している道が夜になると表情を変えて、知らない場所のようだ。どこに行くとか言い合わないで、言葉を探すこともうやめにして、並木道を呼吸するように歩く。

さっきまでいたクラブ棟の方角からは、時折どっと笑い声が聞こえてきて、それが酷く幼稚なものに思えた。

「何が楽しいんだろうね？」

ふいに大澤くんが喋ったから、脳みそがキャッチしそびれて
「え？」

と、聞き返してしまった。

「飲み会。ほんと馬鹿らしいよね、学生のああいうの」

「あ、うん。苦手かな、私も」

小夜子も慌てて答える。

二人は、天文学サークルで出会った。小夜子は宇宙ものの映画やプラネタリウムが好きで入部してみたが、本気で宇宙を語るのは一部のマニアな先輩だけで、多くの人は月では

なく缶チューハイと漫画ばかり見ていた。

入学してしばらくしても小夜子は大学にもサークルにも馴染めずに、やっぱり気づいたら一人でいた。部会に行くのもやめてしまったある日、大講義室での授業終わりに声をかけてくれたのが大澤くんだった。一緒に部会に行こうと言ってくれて、それから毎週、部会の日はクラブ棟の裏の椚の木の下で待っていてくれた。三階にある部室まで並んで数分歩くだけなのに、緊張して殆ど何も話せなかった。大澤くんは部内でもみんなの人気ものだし、普通に輪の中に入ってにぎやかにもできるのに、なぜ自分にかまってくれるのか分からなかった。

やがてメールアドレスを交換して、宇宙ものの映画について朝までメールする日もあった。メールだと饒舌になってしまう自分がとても恥ずかしかった。何度も何度も、好きだという気持ちを打っては消して、打っては消して、誰かが間違って送信ボタンを押してくれたらいいのにと思ったけど、そんな日はついに来なかった。

梅雨が終わる頃、「小夜子さんが心配だから」と言って、メールではなくひと月に一回、深夜に電話が来るようになった。そのために、月末の夜は早めにお風呂に入って充電器に携帯をさして、紅茶を飲みながら待った。

いつも緊張と嬉しさで吐きそうになった。すぐ出るのも待っていたみたいで恥ずかしいから、コール音は三回半にしてみた。朝方まで喋った。授業のことや宇宙映画やブラックホールのことも。これが恋ではなく友情だというなら、一生このままでもいいかと思ってしまうくらい愉しかった。

部会や講義室で、みんなの中にいる彼をちらちら追いかけてしまう。先輩とふざけ合って無邪気にプロレスの技をかけあったりしているのに、目を離すと、白けた顔をして空を見ながら一人煙草を吸っているような人だった。小夜子が馴染めないのとは違う、意志のある孤独だった。

大澤くんは東京の大学に行っていたけれど、つまらなくて地元に帰ってきて受験し直したと噂で聞いた。小夜子と一緒にいるとき、無口で優しくていつもとは別の人のようだった。自分にだけ見せてくれている姿なのだと嬉しくなる反面、一人にするのが危ないのは自分ではなく、むしろ大澤くんの方ではないのかと思うようになっていた。一見強い光で輝いているのに、放っておくと消えてしまいそうな彗星のような人だった。

夏になり、ようやく小夜子にも女友達ができはじめた。特に同じ天文学部で一つ年上の結菜《ゆいな》と仲良くなった。結菜は底抜けに明るく、部員みんなに気配りができる姉御肌だった。はっきりと物を言うけれど嫌味がないので誰からも愛され、次期部長候補だとも聞く。飲みだしたら天体について熱く語りだす根っからの天文学オタクで、小夜子はそういう偏ったところにも惹かれた。勇気を出して結菜に大澤くんの話をしてみたら、

「へー。小夜子も恋なんてするようになったかー」

と、目を細めてまるで母親のような顔をして、それから、

「まかせときな。彼女いないか偵察しといてあげるから！」

と言ってくれたけれど、結菜の性格上それはとても危険な気がしたので、やんわりと断っておいた。結菜がいつも集まりに引き込んでくれるようになったお陰で、小夜子はみんなと過ごす時間が増え、次第に部にとけこみ明るくなっていった。

気がつくと、潮が引いていくように大澤くんは小夜子の前から姿を消した。椚の下で待っていてくれることもなくなったし、メールや電話も途絶えた。

大澤くんが、時々しかサークルに顔を出さない大学院生と付き合っていると同級生に聞いたのは、それからしばらくしてのことだった。それも入学してすぐに付き合い出したという。全然気づかなかった。ひどいショックを受けたはずなのに、小夜子はどこかほっとしていた。部会にその人が来たとき、さり気なく観察する。ちょうど学園祭のプラネタリウムライブの係を決めていたが、人が嫌がる仕事も引き受けてしまうような出来すぎた人で、笑うと両方のほっぺたにエクボができた。ショートカットの綺麗な首に小夜子なら絶対に選ばないような黒い糸でできた地味なネックレスをしていて、とても太刀打ちできそうになかった。

街灯の下、いまだ蟬が一匹だけ鳴いている。ジャワティーを持ったまま二人は湿気った

キャンバスを歩き続けた。なぜまた誘ってくれたのかは分からなかったが、きっとこれは彼の気まぐれだ。それでもいいやと思えるのは、夏が終わろうとしている今日だからなのだろう。相変わらずクラブ棟での飲み会は続いているらしく、騒ぎ声は定期的に聞こえた。

「大学なんて、小さな世界だってあいつら何で気づかないんだろう。すぐ腐った社会に出なきゃなんないのに、あんなはしゃいでさ」

その声はちょっとくぐもって不安気で、きっと自分に言い聞かせているのだと思った。

「そうだね」

いつも頷いてあげることだけが、彼を救う手段だった。小夜子は悲しいふりをする。女友達と笑い合っているときだって、頭の片隅では、ばかばかしいなと思うように努力してきた。同じ種類の人間だと大澤くんに思っていてほしいから。誰よりも分かっていると思い合いたいから。

「ね、小夜子さんさ、俺、秘密の場所があるんだ。行ってみる？」

「秘密の場所？」

「うん、まだ誰にも教えてない。小夜子さんに教えてあげたいなって、ずっと思ってたんだよな」

こういうことを純粋に言えてしまう人だから、手に負えなかった。それなのに、その言葉を真に受けて、小夜子の体は沸騰しそうなほど熱くなり、それは顔にまで到達して、耳まで赤くなっているのが分かる。夜が暗くてよかったと心から思った。

あまり小夜子が行くことのない理工棟の裏口にたどり着くと、大澤くんはドアの横についた小さな正方形の箱を慣れた手つきで開ける。

「オ、シ、ニ、ク、イ。だから覚えとくといいよ」
0、4、2、9、1と暗証番号を押すとガチャっと音がしてロックが解除される。
「ね、勝手に入って大丈夫なの？」

「大丈夫でしょ。深夜まで研究してる人もいるしね」

まだ入学して半年しか経ってないのに、こういうこと誰に教えてもらうんだろう。非常灯の明かりを頼りに、大澤くんの後について階段を上っていく。彼女とはいつもどんな話をしているのだろう。ここじゃないなら、どんな場所に行くのだろう。クーラーの切れた建物の中はサウナみたいで、汗がTシャツの中で肌をつたって流れた。

三階に到着し長い廊下を進んでいく。スイミングスクールのカルキの匂いがする。両側に並ぶ研究室のドアの隙間からときどき光がこぼれて、プールの中に差し込む木漏れ日のようだ。二人が歩く足音だけが廊下に響いた。突き当りまで行くと、大澤くんは大きなドアの取っ手をゆっくりと回した。

「ここだけ鍵が壊れてんだよね」

鈍い音がして、ドアは開いた。

ドアの向こうから白い月光が差した。二人の間を夏の風が吹きぬける。目の前には二十畳ほどのコンクリートのバルコニーが広がっていた。出入り口の丁度上の屋根のひさしの部分で、柵も壁もなくて、うっかり踏み外したら下まで落ちてしまうような所だった。まるで真っ暗なプールに浮かぶビート板みたいだと思った。

「なんか、いいだろ?」

「うん。なんか、いいね」

こんなところに、いつも一人で来ている大澤くんが心配だった。

「小夜子さんもここに案内したいなって思ってたんだよ、前から」

大澤くんの顔が月明かりの下くっきりと浮かび上がって、月を見るふりをしてずっとその横顔を眺めた。夜のプールに浮かべたビート板が二人だけを乗せて、このまま風まかせに流れていけばいいのに、とかそんな気持ち悪いことを考えてしまう自分がひどく幼くて痛々しかった。

柵のないむき出しのバルコニーを大澤くんは躊躇なくスタスタと歩いていく。

「ねえ、危ないよ、あんまり端っこに行かないほうがいいよ」

後ろ姿が闇に吸い込まれていきそうで怖かった。

大澤くんは、端っこまで行くとすとんと座り、足をぶらぶらさせて空を見上げた。

「大丈夫だよ。小夜子さんもおいでよ」

小夜子も恐る恐る歩いていき、隣にゆっくり腰を下ろした。そしてもうぬるくなったジャワティーを飲む。丁度、街路樹が街灯の全てと重なって人工的な光はなくなり、月明かりだけになった。ざーっと風が木々を揺らす。もはやここは別の星なのかもしれなかった。ときどき隣の星からみんなの笑い声が、衛星をつたって流れるラジオ放送のように聞こえた。

「気持ちいいね」

小夜子は心からそう言った。

この人とは結ばれないんだな、と何故かはっきりとわかった。いや、もっとずっと深いところで結ばれているのだと思いたかった。

こんな日もいつか消えてしまうのならば、今日の月と横顔をずっとずっと覚えていよう。小夜子は息を潜めてそっと眩いものたちを見つめていた。

大澤くんはコンクリートに寝転がって、

「まぶしいな」

と言った。小夜子も隣に寝転がった。

「ほんとだ、まぶしいね」

耳元で蚊の飛ぶ音がした。

逃げるが父

　昨夜から雨が降ったり止んだり、ぐずついた天気だった。目の前には、仏頂面した女子大生が座っている。むっちりした上半身のTシャツでミッキーマウスがおどけている。

「ずっとここにいたいのかい？　もう一度聞くぞ。君は沢田川を応援していたから選挙事務所に出入りしていた。それで、たまたま謝礼をもらってしまっただけなんだよな？」

「だから、何回も言ってるじゃん。誰があんなスケベジジイ応援するかっての。選挙事務所へは、ただのバイトで行ってたし。しかも最後のバイト代、まだもらってないし。あーまじでへこむわー。あいつ殺してやりてー」

　この口の利き方、どうにかならないのか。うちの娘が十年後こんな喋り方するようになったらと思うと寒気がする。田口結菜のジーパンは破れている、というか布の面積の方が少ないし、もはや俺たちの知る茶髪ではなかった。髪の毛の隙間から見えるピアスは人体模型だが、こんなのが今若い子の間で流行っているとは思えない。田口は椅子の背もたれにふんぞり返ると舌打ちをした。三流大学で何やってんだか。親の顔が見てみたい。

二週間大学生達を尾行して、選挙事務所に出入りするところも、自転車部隊として自転車を漕ぐ学生の姿も抑えてある。田口結菜は最近めっきり顔を見せなくなっていたが、選挙期間中にきっちりと時給制でバイトをしていたのだから違法は違法である。俺には取り締まる義務がある。

「昨夜の八時頃、四丁目のコンビニに行ったあと、向かいの吉野家に立ち寄り、その後、何名かで深夜までカラオケに行っていたね？　最近ずっと我々、張り込んでいたから沢田川の事務所に出入りしている証拠も押さえてあるんだよ？」

昨日、署まで事情聴取に来てもらうため田口にこう電話を入れたら、一言「気持ち悪い」と言われた。ただの女子大生のストーカーじゃないかと。わかっている、その通りだと思う。誰だってこんな悪趣味なことやりたくはない。でも、これも俺の仕事だ。落選した候補者のところへ捜査が入るというのはお決まりのやつじゃないか。

他の子達はみんな警察署で事情聴取と言っただけで、シクシク泣き出したのに、田口結菜は一筋縄ではいかなさそうだ。たまにこういう正義感の強いのが紛れているものだが、まあ時間の問題だろう。五時のチャイムが鳴り、背中に西日が燃えはじめた。さっさと終わらせて、サウナに行って汗をかきたい時刻だが、さて。

小さな町の小さな市長選。三番手の沢田川は、最初から標的にされていたのだ。詰めが甘いんだ、詰めが。選挙管理委員会に届け出た上で、学生バイトを雇ったまでは良かったが、バイト時間を計ると、中には日当一万以上になっている子がいる。それに自転車部隊にも、しれっとボランティア以外が混じっていた。公職選挙法違反、いわゆる買収罪だ。素人でもあるまいし、なんでそんな凡ミスやらかすんだか。沢田川が落選した瞬間に飛びつく俺たちも俺たちなんだろうけれど、仕方ないじゃないか。ショボい町のショボい事件で俺は飯を食っている。この先もずっとだ。

暇を持て余して田口がポケットからボールペンを出してくるくると回しはじめた。俺も学生の頃から手癖でやっていたっけな。あれをやる奴は出世しないと上司に言われて、いつのまにか回さなくなった。ペンを眺めながら田口が言う。

「おまわりさんさあ、こんなことやってて虚しくないの？　大学生捕まえて一日取り調べしてさ。暇なの？」

一応言ったことは書く義務があるが、しょうもない言葉は耳に蓋をするようにしている。世間知らずを正義と勘違いしているバカにつける薬はない。

「ねえ、一年前だったかな、女子高生の切りつけ事件あったじゃん、このすぐ近くで。あの犯人まだ捕まってないよね。あれどうなったんだよ？　こんなことしてる場合じゃないんじゃないの？」

「うるさい！　それとこれは関係ないだろ」

カッとなって思いきり机を叩いてしまった。田口は軽蔑した目で俺を睨むとボールペンをポケットにしまい、溜息をついた。

去年の丁度今頃の時間帯だ。部活帰りの女子高生が通り魔に切りつけられたのは。防犯カメラには黒いパーカーのフードを被った男が映っていた。県警は捜査班を作って数カ月男を探したが、結局未だ手がかりをつかめていなかった。真冬だったので分厚いコートを着ていて大きな怪我がなかったのが不幸中の幸いだった。

忘れてしまったわけではない。でも、今も追いかけていると言うと嘘になる。自分の娘だったらと考えると許せなかったが、次から次へと新しい事件は起こるし、こんなふうにノルマだってある。上に言ってくれ、上に。

「怪我も小さかったし死にもしなかったもんね。だからいいって思ってるんだね？」

言い当てられ、はっとして、田口の顔を見た。十歳の娘と同じような濁りのない目に俺はビビっているのだと思った。その黒も白も、一番純度の高い透明を保っている。大学生になってもまだこんな目をしているなんて、この先こいつの人生は立ち行かないんじゃないかと思うが。

「ところで、カツ丼は出ないの？　お腹すいたんだけど」

ふざけてやがる。

翌日、田口結菜は上下ジャージ姿に、大きなボンボンのついたゴムで前髪をちょんまげにしてやってきた。できるだけ、いつも通りでいるためだそうだ。

友達に楽に稼げると誘われて、選挙事務所でバイトをし始めたこと。やってくるロクでもなさそうなおっさんにお茶を出して、相槌を打っているだけだったのに、今までチャレンジした何よりも拷問だったこと。時給二千円と聞いて行ってみれば、たったの千円だったこと。かわいくて従順な子にだけ特別手当を渡していたことに腹を立てて、最後の方は殆ど行かなくなったこと。沢田川の家のカーテンが一枚二百万するということ。娘を裏口入学させたことを自慢気に喋るから説教してやったら、その辺りからパワハラ、セクハラまがいのことを何度もされ、訴えてやりたいことなど、喋りに喋った。

こいつは友達とお茶でもしていると思っているのか。俺は、娘の愚痴を聞いている父親のようだった。聞けば聞くほど、沢田川はクズだった。まあ、驚きもしないが。

「それでね、バイトしてたみんなと選挙当日、絶対に沢田川にだけは投票しないようにしようねって約束したんだ。私達あの男の前ではニコニコしながら、全員他の人に入れたんだよ。ウケるでしょ。他の人がまともかどうかは知らないけど、あいつよりはましだと思うよ。だからあいつが落ちて本当に良かったって思ってる」

田口は、やっぱり沢田川を応援したことなど一度もないと主張した。この子はきっと、まだ世の中の何もわかっちゃいない。正義が必ず通るとでも思っているのか。

「君の将来が傷つくのが可哀相だと思うから、最後のヒントを出してやる。いいか、よく今の状況を考えろ。沢田川の応援なんてしていない、お金のためにやったと言い続けていると、君はずっとここから出られないんだ。さっきから何回も言っているけど、選挙期間中にお金をもらって支援するのは、犯罪なんだよ。このままじゃ私は君を書類送検しなくてはいけなくなる。もしくは法廷まで持ち込んで闘うか？　勝てる確率なんて殆どないけどなぁ……」

俺は、手元の書類をちらつかせ、大げさに話を盛って語った。

「ちょっと、それおかしいでしょ？　悪いのは全部あいつじゃん。私達、被害者だよ。騙されたってことなんだからさ。あいつを応援してただなんて、それだけは口が裂けたって言えない」

田口は身を乗り出して俺に訴えた。

「君も強情だなあ。一緒にバイトしてた子たちは、とっとと認めて帰っていったぞ？　君が選挙事務所で酷い目にあったことはわかった。でもな、今回の論点はそこではない。嘘でも支援者だったたって言ってくれないと処理できないんだ。明日も明後日も、こんな窓もない部屋に来たくないだろう？」

「いいですよ。明日も明後日も来ます。分かってくれるまで話します。どうせ夏休みなんだから」

「あのね、書類送検されると大学も退学になるし、一生それが君の経歴についてまわることになるんだ。就職だって結婚だって、まともにはいかなくなるかもしれない。君のその小さな正義を通したいがために一生を棒に振ってもいいのか？　こんなところで前科者になるなんて、親御さんだって悲しむだろう？」

——田口は俺の顔をギッと睨みつけた。そして歯がゆそうに唇を噛み言葉を飲み込んだ。しばらくの沈黙の後、両手で頭を抱えるとうなだれ、声を絞り出し喋った。

「私……応援していました。沢田川さんが市長になればいいなって……思ってました。お金をもらおうなんてこれっぽっちも思ってなかったし、くれるっていうのも知らなかった。ただ、当選してほしかったから手伝っていただけです」

心の通っていない棒読みの台詞を書き留める。そうそう、それでいい。こういう顔を今までに何百人も見てきた。痴漢や窃盗の冤罪も今日みたいに、流れる台詞を書き留めて、ただ俯いて処理してきた。三日もすれば、忘れ去ってまたいつもの日常に戻れる。それでいいんだ。人、一人の正義なんて海に浮かぶ棒きれと同じなのだから、大きな流れの中で抗っても沈むだけだ。

俺は黙って書類を書き進める。田口は落ち着いてきたのか、出された麦茶を飲んであくびをした。そして、頬杖をつきながら尋ねてきた。

「おまわりさんて、子どもいんの？」

「ああ、いるよ。小学生の女の子が一人ね」

「へえ。じゃあ、こうやってさ、淡々と積み上げていくのがいいよ」

「ん？　なに？」

「いや、娘さんのためにはさ、格好悪くてもお父さんが傍にいてくれる方がやっぱいいもんね」

「なんだ？　格好悪いって、聞き捨てならないねえ」

俺はムッとして、でも半分笑いながら言った。

「父さんがよく言ってたんだよね。正義が身を滅ぼすこともあるって。それでも突き通す覚悟があるときは行けばいい。だけど残りの九十九は逃げるが勝ちだってね。川は他にもいろんなところに流れているんだから、本流が決壊しても支流へ流れ着いて、また初めからやれたら、それは神様からの贈り物だって」

俺は、書類を書く手をとめ、顔を上げた。この話、昔どこかで聞いたことがあるような気がするな。誰かに言われたような……頭の片隅で埋もれていた氷山にぶつかったみたいで、しばらく思い出そうと試みたが、時計の針を見て急いで書類を書き進めた。

数日間のぐずついた天気を一蹴したように、外はすっかり晴天だった。

「もしもーし。せんぱーい？　はい、暇してますよ。ペルセウス流星群！　いいっすねえ。今日晴天だし綺麗に見えそうですね。望遠鏡出しましょうか。じゃ、今からそっこーで行きます」
まったく学生ってのは気楽なもんだ。田口は携帯を耳にあてて喋りながら、子犬のように警察署の階段を駆け降りていった。いつも若者をここから見送る時、迷い込んだ稚魚を川に戻してやった気分になる。これで良かったのだと、きっとこの先の人生で何度も思うときが来るだろう。電話を切ると、田口はこちらを振り返り
「おまわりさん、じゃあね〜。お世話になりましたー」
と叫んだ。俺も手を挙げて小さく振り返した。おでこのところで、結んだ前髪が揺れている。その顔は、来た時よりも心なしか大人びて見えた。

一服した後、部署へ戻ると後輩たちがざわついている。

「何かあったか？」

「いえね、田口結菜ってさっきの子ですけど。あの子、田口司さんの娘さんじゃないですか？」

「え……まさか。田口司って、あの田口さん？」

「はい。五年前の立てこもり事件で殉職された、田口警部です」

「いやいや、田口なんて全国にいくらでもいるだろ」

「でも、ほら」

後輩が差し出した田口司警部の名簿の家族の欄には〈娘・結菜〉と書かれていた。

あの口の悪い田口結菜は、俺たちが敬い続けてきた人の娘だったというのか。見てみたいと思った親の顔は思い出さずとも容易に浮かぶあの人だったたと。ああ、目尻の下がった感じとか、ぶっきらぼうな喋り方も、よくよく思い返すと田口さんそのものじゃないか。

課は違ったが、田口さんを知らない者はいなかった。風来坊のように縦横無尽に課を渡り歩く異端児で、権威にとらわれず誰からも慕われる人だった。俺たち新人がへこんでいたら、そっと近寄ってきて、背中をバシバシ叩きながら鼓舞してくれた。あの子が言ったのと同じように。

「逃げるが勝ちのときもある。正義に押しつぶされんなよ」

そう言った本人は逃げなかったのだから。

あの日、田口さんは最後まで犯人である青年を説得しようとしていた。あと一歩というところまできて、逃げ出そうとした人質に逆上した犯人が切りかかり、揉み合いになった末、刺されてしまった。田口さんの死は自分の正義に押しつぶされたからではなく、守るべき信念の末の結果だったのだと思いたい。それが田口結菜の中にしっかりと受け継がれているのなら、その正義は充分に意味のあるものだったのだ。

俺は今、何度目の支流を流れているだろう。どんどん狭くなっていく正義の川幅を、これから先、一度でも自分の意志で守ることができるのだろうか。窓の外、快晴の空には虹が架かって、それは田口結菜の大学の方まで繋がっている。俺はボールペンを回しながら、薄暗い廊下を歩いた。

猫の恩返し

「おはよう、みーこ」

朝起きて、枕元で眠るみーこに呼びかける。

まだ眠っているみーこの美しい毛並みをなでなでして、口元にキスをする。ん？　ん？

もう一回キスをする……。ん？　ん？　なんか変な匂いしない？　え、みーこお漏らし⁉

まさかまさか。すんすんすんすん。みーこを起こさないように私は、ベッド周辺をかぎまわった。私の異変に気づいたのか、みーこは愛らしい目をパチクリと開けてしまった。

「あーん、みーちゃんごめんね、起こしちゃったねえ」

まだ夢うつつのみーこを腕の中に入れて、喉元をさわさわした。みーこが三角形に大きく口を開いてあくびする。

くさっ！　くっさっ！　え、何？　みーこどうしちゃった。私は鼻を押さえてもう一回みーこの口元に顔を近づける。うげー。鼻を押さえていても臭い。どういうことだ。昨日のご飯が歯に挟まっていたりするのだろうか。いや、もっと大変な内臓の病気かもしれない。愛しい恋しいみーこ、あなたはどうしてそんなに臭いの。

私はみーこを抱きしめるふりをして必死に口の中をのぞいた。大丈夫だ。鋭い牙は健在だ。私はこの四本の牙を見る度に、ああ、こやつらはトラやライオン様と同じ先祖を持つのだなと、野に解き放ってやりたい衝動にかられるのだ。そんなことしても、箱入りみーこは生きていけないとわかっているが、野性の魂を私が握っていて果たして良いのだろうか、という葛藤はいつも心のどこかにある。用意されたトイレ、袋に入った食べ物、首につけられた鈴、トラの子孫ならば大草原を思いっきり走ってみたかろう。その牙を、首筋にがぶりと立ててみたかろう。いや、ライオンやトラがネコ科なのだからネコの方が始祖ということになるのか。

そんなことはどうでもいい。とにかく動物病院へ連れて行こう。パジャマを脱ぎ飛ばすと、朝ごはんを食べ終えたみーこを籠に入れ、食パンの耳をくわえて最寄り駅へと急ぐ。本当はタクシーに飛び乗りたいところだが、もうすぐ家賃の引き落としがあるので我慢してもらおう。籠に入れられたみーこは、ニャーニャーと泣いて脱出しようと必死だ。私は籠につけられた小窓を開けて
「みーちゃん、三十分の辛抱だからね。ごめんね」

と声をかける。今日は幸いにも午前中に予定された撮影がリスケになり空いていた。私達ついてるよみーちゃん。きっと、きっとすぐに良くなるよ。逸《はや》る気持ちを抑えて、電車

を乗り継ぎ掛かりつけの病院へと急いだ。

「ははーん。虫歯ですねー。奥歯が二本、結構ひどいねえ」

おでこにつけたライトを消すと先生は、よく頑張ったねとみーこを撫でた。

「良かった、ただの虫歯なんですね」

大きな内臓の病気でないことに胸をなでおろした。

「みーこちゃんは、今年で、じゅうにー……」

「十三歳です」

「そうだよね、もう結構なお年だから、虫歯になるっていうのはよくあることです。心配はいらないよ」

先生はみーこを抱っこして、語りかけるように喋った。そして一呼吸置いて今度は私の目を見て言った。

「でも、抜くしかないんだよねえ。放っておいたら菌が体に入ってしまって死ぬことだってある。それに猫だって虫歯は痛い。だから辛くなる前にね」

「え、でも奥歯二本も抜いたらごはんが食べられないですよ」

「それがね、臼歯ってネコにはほぼ必要ないの。この四本の牙で食べてるんだよ。だから抜いても問題ないの」

「へー！　そうなんですか。牙ってやっぱ役に立ってるんですねー」

「そりゃそうだよー。肉食動物なんだから。ねえ？」

先生はみーこの顔を覗き込むと、にこりと微笑んだ。しかしここからが本題だった。みーこを下ろすと先生は椅子に座りさっきまでとはちがう表情で続けた。

「でね、抜くのは全身麻酔になるのね」

「全身麻酔……大丈夫なんでしょうか？」

「みーこちゃんはしっかり体重もあるし大丈夫だと思うんですけど、万が一がないとは限らないんですね。承諾書に説明が書いてあるので、よく読んでサインしてもらってからになります」

「はあ……」

確かに親知らずを抜く時、私もこういう〈何かあっても文句を言いません〉みたいなことが書いてある紙にサインさせられたな。自分のことなら平気だけど、麻酔をしたままみーこが起きてこなかったらどうしよう。考えただけで血の気が引いていく。

「それで、この子はペット保険には入ってなかったかな？」

「は、入ってないんですねえ……」

さらに別のドキドキが襲ってきた。いつも良くしてくれる赤ひげ先生だが、こればっかりは半額になんかしてくれないだろう。

「手術の費用が、十万円かかっちゃうんだよねえ」

「え！　じゅうまんえん?!」

「そう……ちょっとねえ。かかっちゃうんですねえ」

私の驚きようが下品だったからか、先生は首をすくめて苦笑いした。

「だ、大丈夫です。払います。みーこのためですから」

「わっかりました。では、これね、承諾書にサインしてください」

困った、十万円払ったら私の貯金通帳はすっからかんのすってんてんだ。それでも私はみーこを守らねばなるまい。家族なのだから当然のことだ。承諾書にサインをし、先生と手術の日程を立てる。先生は、一番早い日で二週間後のこの日になりますと、壁にかかった猫のカレンダーに赤丸をした。よかった、ついてるついてる。私もその日は夕方から空いていた。

「では、病院が閉まった夕方五時頃から始めましょう」

「わかりました。よろしくお願いします」

また電車に揺られながら私達は家に帰った。

昼からは編集作業が入っている。みーこに水と夕飯を用意すると、私は駅へ走った。選挙カーに乗ったウグイス嬢たちが、「お願いします」を連呼しながらこちらに手を振ってくる。お願いしたいのはこっちの方だ。来月の家賃と手術のことを考えると頭が痛かった。

親に金を無心する歳でもないし、深夜のコンビニのバイトを増やすべきだろうか。師匠に頭を下げて借りるしかないか。

映画監督を目指し上京して早八年がたとうとしているが、短編を数本撮っただけでまだ何の評価も得られてなかった。「君には光るものを感じる。映画祭でそろそろ小さい賞を取ってもおかしくないんだけどね」と師匠は言うけれど、数年前から同じことを言っている気がする。そういう師匠だって最近は招待さえされてないじゃないか。おまけに最近は映画を撮らなくなってしまって、ミュージックビデオやCM撮影の仕事がときたま入るくらいだった。「そろそろこっちに戻ってきなさい」と父は正月のたびに心配した。無理もない。男手一つで私を育ててくれた人だ。そろそろ身の振り方を考えねばならないだろう。

今日は師匠の知り合いの映像作家から依頼された映像を編集する。金沢の呉服店の宣伝動画らしかった。三十時間だ。三分半の本編のためによくもまあ撮ってくれたもんだ。隣で一緒に映像を見つめる師匠は最近だんだんとお腹が出てきて、作家としての牙もなくなってきていた。こんなおやじと私は付き合っていた時期があったなんて血迷っていたとしか言いようがない。あの頃は映画監督という肩書だけで、まあまあかっこよく見えていたのだろう。浮気されて別れた途端にただのおじさんになってしまった。遅めの昼ご飯にパンの耳と豆腐を食べながら、私は切り出してみる。

「師匠、あのですね、みーこが虫歯になってしまいまして」

「へー。虫歯」

弁当をほとんど嚙まずに飲み込みながら師匠は気のない返事をする。

「それで、手術をして抜くことになったんですね」

「かわいそうだねーそれ」

モニターでは金沢の小道をしゃなりしゃなりと芸妓さんが歩く映像がエンドレスで流れていく。

「そのー、治療費がですね、十万円かかるんですね」

「うわあ、すごい」

「その、できたら、半分払ってもらったり。もしくは貸してもらったりっていうのは……」

「やっべ、打ち合わせ入ってたの忘れてたなあ。じゃあ、あと編集お願いねー」

師匠はのり弁をかき込むと、逃げるように出ていった。いつも逃げ方が下手くそだった。

付き合い始めてすぐに私の家に転がり込んできた師匠は「俺の命よりも大事な猫だ」と言ってみーこを連れてきた。ベージュ色のふわふわした毛を揺らしながら、みーこは私の部屋を注意深く観察し、やがてこたつの隅っこにもぐってあどけない表情で眠った。私は一瞬で恋に落ちた。出産後の女性のように、男のことなどもうどうでもよくなっていた。

二週間もすると、師匠は他の女の家に入り浸るようになり、みーこと私を捨てた。正確には私とみーこが師匠を捨てた。

「昔の男の猫よく飼ってられるね。思い出さないの？」とか言われるけど、思い出すも何も、今だって何食わぬ顔で一緒に仕事しているもの。私は変なところで図太いらしいが、もし逆にみーこを連れて出ていかれていたら、発狂して「みーこを返せ」と女の家に殴り込みにいったに違いない。だからやっぱり私はついているのだ。

手術当日、ミュージックビデオの撮影は長引いていた。「夕方の五時には来てね」と言われていたのに、スタジオの時計の針は三時半を指している。女優の衣装がイマイチしっくりこないのだという。私はそわそわし始めていた。ピンクでも赤でもいいから早くしてくれ。

四時を過ぎたところで、お腹が痛いと言いトイレに行くふりをした。廊下のテーブルに置いていたくたびれたリュックを背負うと、私の足は理性を無視して一目散に駅に向かって駆けだしていた。尻のポケットで携帯が鳴っている。知ったことか。電車を降りて走って走って、汗だくで家の玄関を開けると、全てを察知したかのようにみーこがすり寄ってきた。

「みーちゃん、ごめんね遅くなって。さあ行こうか」

籠にみーこを入れると表通りに出る。私はもう駅へ走らなかった。右手を高々と上げる。みーこと同じ色をしたタクシーが目の前で停まった。

「川島動物医院までお願いします」

運転手は勢いよく車を発進させた。ちょうど夕焼け小焼けのメロディーが街の喧騒を包み込み、どっと汗が吹き出した。この時間帯はいつも激混みの環八通りを、タクシーは順調に滑っていく。良かった、私達ついてるよみーちゃん。

「このラーメン屋を左に」

と言うか言わないかの瞬間だった。

ズドーーン!!

私は、運転席に思いきり頭をぶつけていた。シートベルトをしていなかったことを後悔した。みーこは？　みーこ、みーこ。良かった、私の膝に載せた籠は何事もなく無事だ。どうやら玉突き事故らしい。外に出ると後続の車のライトが粉々になっている。そんなことより病院だ。私は全然平気。血とか出てない、腕も足も首も動く。ひたすら謝る運転手にかまっている暇はないのだ。病院へ行かなけりゃ。今後のためにと運転手と名刺を交換し、籠を抱えて私は病院まで走った。扉を開けると、先生が心配そうに待っていた。みーこを籠から出すと、興奮気味に走り回っている。事情を話すと、厳しい表情で先生は言った。

「今日はやめといた方がいい。みーこちゃんも興奮気味だし、それにあなた本当に大丈夫？　首とか痛くないの？」

「私は全然、この通り」

腕と足をぐるぐると回す。首も。——あれ？　首が、首が痛い。さっきは平気だったのに、首が、首が曲がらない。そういえば頭もずきずきしてきている。

「先生、痛いです。首が痛いです」

「ほーらー。ここじゃ見てあげられないから人間の病院へまず行こう。むち打ちって放っておくと後で怖いんだよ。抜歯は改めてにしましょう」

「は、はい」

私は人間の病院で全治一カ月のむち打ちと診断された。みーこは私の固定された白い首を見ると悲しそうに泣いて膝の上に乗ってきた。幸いみーこに怪我がなかったのが何よりだった。ただ口の臭さは、まったくもって可愛くないレベルに達していた。


数日後、突然電話がかかってきた。

「この度は本当に大変でしたね」

と保険会社の女性は恭しく労ったあと、「それでですね」と声色を変えた。

「今回、治療費以外にも慰謝料というのが出まして」

「はぁ」

「それがですね、十万円ほどになる見込みなんですね」

「え！　じゅうまんえん！」

私はガンダムみたいな首のまま小躍りしていた。みーこは美しい毛を風になびかせながら、にゃーんと一声ささやき、私の顔を見てにんまりと微笑んだ。

サトマリ

先にサトマリを見つけたのはやっぱり百合子だった。営業先での打ち合わせを終えて、駅に向かおうと歩き出した途端に雨が降り出し、私達は慌ててコンビニに飛び込んだ。会社帰りの人でごった返す店内は、お弁当やサンドイッチなど主要商品の棚は既にスッカスカだった。私は意味もなく店内を一周した後、大小どっちを買うか傘を見比べていた。

トイレから出てきた百合子が駆け寄ってきて私の耳元に囁く。まったくどうして百合子はこう芸能人を見つけるのが上手いんだろう。元モデルのなんちゃらだとか、舞台俳優の誰それだとか、大食いタレントの人の夫だとか、並んで歩いていると必ず誰かを見つけた。それも、よく見ても芸能人かどうかわからない人を片っ端から。何個目がついているんだろうかと思う。会社への行き帰り、毎日同じ道を通っても私とは見えている景色が違うのだろう。

「うそ、あれ本当にサトマリかな?」

六十センチのビニール傘を持ったまま、小声で百合子に言った。

「絶対そうでしょ。見てみ、あんな顔ちっちゃい人間いないよ？」

サトマリらしき人は、黒いキャップを目深にかぶり、マスクと眼鏡で完全に変装していたので、周りの誰も気づいてなかった。ていうか、気づかれるほど有名かと言われると知る人ぞ知るかも。顔がすっごく小さいから、殆どマスクから皮膚が出てなくて、本人かどうか判断するすべがない。黒い細身のパンツに、ビルケンのサンダル、グレーのパーカー、完全オフ仕様だと思われる。ほっそいなあ。思ってたより背もちっちゃい。華奢なのに出るとこは出てるし、やっぱりすごいわ。私達は、雑誌を眺めているサトマリに気づかれないよう、店内をうろうろしながら様子を窺った。

「あんた、サトマリの大ファンじゃん。本とか買ってなかった？」

「うん、実は今も、ほら」

私は鞄からライフスタイル料理本を出して見せた。発売日に買って、行き帰りの電車で読んだり眺めたりしている。開いただけで癒やされる上、お腹も脳みそも本来の健やかさへ矯正された。

サトマリは、〝美人すぎる料理研究家〟とか言われて三年前にメディアに出てくるようになった。「美人すぎる」みたいな枕詞がださいなあ、どうせすぐ消えるんだろうなと最初は思っていたんだけど、年齢が同じ上に誕生日も三日違いだったからか妙なシンパシーを感じた。それに、本人はださい枕詞に惑わされることなく料理一直線で、その女前な姿勢が、逆に若い女子たちに支持されはじめたのだった。

インスタで毎日アップされるマクロビ料理は、簡単そうに見えてさり気なく個性が光っていた。基本の味付けは、オリーブオイル、塩、胡椒、ビネガーくらいで、サトマリの料理に難しい調味料は出てこない。時間もかからない。それなのに、蒸しただけの野菜が、同じ野菜だと思えないほどセンスよく盛り付けられていたり、手作りのドレッシングにちょっとしたスパイスが効いていたりと、ありそうでない料理を作り、発信し続けた。

何より、「自然を自然のままにいただく」がトレンド入りしちゃうくらい、彼女はオーガニックを推奨していた。全国を飛び回って、こだわり抜いた生産者に直接会いに行き話を聞くのが趣味だと語っていた。奥多摩や茨城の農家さんを訪ね歩いて、今じゃ一緒に合鴨農法で米を育てていたりもする本格派なのだ。同じようにはできないけど、ちょっとずつサトマリに近づきたいと思って、ライフスタイルを書いたエッセイ本も全部読んだ。食は体にも精神にも繋がる人間の根幹であることを、実践をもってサトマリは説いた。


ああ、サインを貰えると決まったわけでもないのに、心臓がばくばくしてきた。

「ほら、帰っちゃうよ。早く行ってきなよ」

百合子が背中を押す。

そうだよね、せっかく目の前に憧れの人がいるんだから行かなきゃ。私がじりじりと雑誌コーナーへ動き出したとき、サトマリが雑誌を棚に戻すと、きょろきょろと辺りを見渡した。そしてコンビニの青いカゴを持ち、別の場所に移動しはじめたのだ。私は驚いてアイスを見るふりをした。堂々と行けばいいのに何で隠れてしまうんだろう。百合子とは正反対に私はいつもこうだった。

いつの間にか夜も九時を過ぎ、店内には私達二人とサトマリだけになっていた。私は意を決してサトマリのいる方へと一歩を踏み出した。

「ちょっと待ちな。今まずいよ」

百合子が私の腕を引き止めた。

「へ？　なんでよ。帰っちゃうでしょう？」

「ばか、あの子の手元見なよ。いや、見ない方がいいか……」

私達は隣のレーンから、まるで刑事もののドラマみたいに半分だけ顔を出す。ロングの黒髪で表情は隠れているが、サトマリの白い手は、芋の世界で最も罪深き存在であろう、例のオレンジ色の袋を持っていた。その隣に並んだ、オリーブオイルで揚げたものと数秒迷ったが、左手に持った見慣れたポテトチップスの方を確かに、確かに青いカゴの中に入れた。その後も、次々にスナック菓子をカゴに放り込む。チョコレートも、それから多分ってか、絶対無添加じゃない菓子パンだって。一連の動作を終えると、足早にレジに向かいカゴをカウンターに置いた。ついでにレジ前に置かれた百五円のダブルシューを手に取り、会計のはじまったカゴに入れた。

うそだ、うそだ、うそだ。きっと、これは夢。だってあれ全部私がずっと我慢してきたもの。サトマリになりたくて全部全部断ったものたち。朝は白湯と旬の果物だけにして、コーヒーは豆から買うようになったし、去年の誕生日には未来の自分のために発芽玄米の炊飯器を買った。六万もした。だって、私は特別じゃないんだから自分で特別にするしかないじゃない。三十歳を目前にして、周りとはちょっと違う道を進みたいじゃない。

「二千三百十五円です」

随分買ったものだ。お釣りをもらうと、サトマリは袋を抱えてそそくさと外へ出ていこうとした。ほんの三分間で世界が崩れ落ちる音がした。ああ、気分悪い。本を持ったまま私は立ち尽くした。自動ドアが開いたとき、車の鍵を取り出したサトマリのパンツのポケットから、折り畳まれた紙が落ちた。私は咄嗟に紙きれを拾うと、コンビニの駐車場へ走った。

「すみません、何か落としましたよ」

青く光る看板の下、サトマリは私の目を見ようとしなかった。深くかぶった帽子を右手でさらに引き下げると、一瞬私の差し出した手のひらを見て、小さな声で言った。

「それ、私のじゃないです」

甘いシャンプーの香りがした。サトマリは彼女の体型には似合わない、黒い強そうな車に乗り込むと、エンジンをかけて走り去った。

手のひらに載っかった赤い紙切れを広げてみると、そこには、『チーズバーガーセット半額』と書かれている。どうやら常習犯らしい。ストレス社会とはなかなか断ち切れない食べ物である。入り口辺りで傘を二つもってタバコを吸っている百合子に
「これあげるよ」

と手渡した。

「やったね。明日までじゃん。マックいこーっと」

百合子は、半分とれかかったまつ毛を器用に外しゴミ箱に捨てると、腹を抱えて笑いだした。

「何よ、笑わないでよ。悲しくなるじゃん」

「ウヒャハハハー。ヒー、笑わずにいられないっしょ。なに今の流れ。マジ奇跡的悪夢じゃね？　腹いてー。だって、あんたの崇拝してた女、嘘ついてマック行ってたんだよ。マクロビでもなんでもないじゃん。最高かよ」

私は、鞄から本を取り出した。いつもの自分なら、これをこのままゴミ箱に突っ込むんだ。それで、百合子といっしょに悪口いっぱい言って、マックに行ってやけ食いするんだ。私は取り出した本をゴミ箱の大きく開いた口元まで持っていったけど、入れられなかった。

そのまま鞄にしまった。

「捨てないんだ？」

「うん、捨てない。だってこの料理本は悪くないでしょう」

「騙されてたのに？　これだって自分で作ってないかもしんないんだよ。毎日コンビニ弁当かもしんないよ」

「……」

サトマリは、苦しんでいるに違いない。なりたい自分と現実の自分のギャップに挟まれて。顔とか体型は全然違うけど、私と同じだ。来年で三十歳だし、仕事も派遣のままで、恋人もいないし、特に誇れるものなんて何もない。私の特別はどこにもない。他に代わりはいくらでもいる。

でもサトマリは私に違う世界を見せてくれた。なりたい自分を見つけてくれた。物への価値観だって変えてくれた。食べ物の成分表を生まれて初めて見たし、出汁も自分で取るようになった。野菜に産地や時期があることを知った。それだけのことだけど、見える世界も生活の基準もまるで変わった。料理をしていると、嫌なことを忘れられた。生産者のことを想像すると心が温かくなった。無心に野菜を切って、蒸して、焼いて、好きな器に盛って。心が解放されてちょっとずつ自分自身の原材料が見えてくるようになった。それもこれも全部サトマリのおかげだ。だから腹立つけどこの本は捨てない。

「百合子、私マクロビも料理もやめないよ。だって好きなんだもん。今度こそは、ちょっと変われそうなんだよね」

「ほー。ま、サトマリの分も頑張ってくださいな」

百合子はニタニタしながら、タバコを灰皿に押し付けた。雨がすっかりやんでしまっていた。六十センチのビニール傘を持って私達は駅の方へ歩いていった。駅の向こうにマックの赤い看板が満月と同じ色で輝いていた。

DJ久保田 #1

「それでは次のお便りいってみましょー。神奈川県の男性、九歳……お！　ラジオネーム『蟻の王様』くんから久々のお便りですよ。その後、ダンゴムシどうなったんでしょうね。

『久保田さんこんにちは』

はい、こんにちは！

『今、僕は学校がおやすみで外へもあまり出られないんですが、久保ラジが毎日聴けてちょっとラッキーです。母さんは毎日お仕事に行ってて、弟は児童館へ行っているので昼間は毎日のんびりラジオを聴いています』

そっかそっかー。ありがとう。毎日こんなおっちゃんのラジオ聴いてくれてるんだねえ。相変わらず渋専！　涙出てきたわ。ええと、それから……

『それから、前にも書いたけど、僕は毎日蟻に砂糖をあげています』

そうそう、それだよそれ。その続きがみんな聴きたかったよねえ。

『前は、おばあちゃんから預かった盆栽の根っこが、ダンゴムシにやられて枯れそうでしたが最近は蟻がやっつけてくれるからか、すっかり元気になってきました。本当に良かったです』

おお、ダンゴムシ撃退できたんだねえ、良かったじゃん！　毎日蟻に餌付けしてたんだ。あっははは。蟻の王様だもんなあ、すげーなあ。お、それからなになに、

『P．S．僕の得意料理は野菜炒めだけでしたが、最近は魚を捌けるようになって、三枚に下ろしてムニエルも作れるようになりました。魚嫌いの弟でも僕のムニエルは食べられるよ。今度久保田さんにも食べてもらいたいです』

おおー、蟻の王様、やるなあ。小三で三枚下ろしだよ。俺も習いたいわ。これ天才だろー。蟻の王様、お便りありがとう。君の成長を僕も一緒に見られているようで本当に嬉しいよ。またお便り待ってるぞ！

さあて、魚の三枚おろしと言えばこの人！　CMの後は、料理研究家、しかもただの料理研究家じゃないですよ。〝美人すぎる料理研究家〟サトマリさんをゲストにお迎えします。お楽しみに！」

——はーい、CM入ります。サトマリさんいらっしゃいました！　入っていただきますねー。

「どうも〜。よろしくお願いしま〜す」

「ご無沙汰してます、久保田です。あれ、いつぶりだろう。そっか何年前だったかな。えぇと、もう五年とか前かな。ほら新宿のライブハウスでお会いしましたよね。メタルバンドのライブ！　ええー。もっと派手な服着てましたよねえ。なんだか随分イメチェンされたんじゃないですか〜」

「あれ〜覚えてないなあ。やだ〜久保田さん夢の中で会ったんじゃないですか？　だって私、メタル聴いたこともないですもん」

「え……？　だって、そんとき外で話したじゃん。最高だったねって」

「やだ、こわーい。絶対それ人違いですよー。そもそも私ライブハウスって生まれて一回も行ったことないもん。大丈夫ですぅ？　お祓いとか、ときどき行った方がいいですよ。こういう仕事って結構憑いてるって話だから、ホント気をつけた方がいいです」

「はぁ……」

「ってことで、ライブハウスの話はおしまい！　全部忘れるおまじないかけてあげます。えーい！」

——あと三十秒でCMあけますー。それでは、よろしくお願いします。

〈♪ジュボボボーン。久保ラジラージラララッル〉

「さて、今日のゲストは美人すぎる料理研究家として話題沸騰中の、サトマリさんにお越しいただいています。よろしくお願いしますー」

「よろしくお願いします～」

「いやあ、真っ白の、そういうのチュニックっていうんですか？　着てらっしゃって、清楚ですねー。スタジオが一気にいい香りに包まれてますけども。サトマリさんの今朝のインスタの朝食がね。もう、ホテルの朝食ですよこれ。サラダが緑だけじゃないの。赤に黄色に、これパプリカですよねえ。最近ではフーリンの「パプリカ」でお馴染みですけども、俺パプリカ使ったことって今まで一度もないかも！　ピーマンで良くないっすか？　でも、色合いがすごい綺麗ですよね。あと、人参の、何これ千切りみたいな」

「あ、ラペですね。酢漬けのようなものなんです～」

「ラペ？　へー。足の速そうな動物の名前みたいですな。パンもこれ手作りなんですか？　ハイジのパンみたいにふわっふわですけど」

「はい～。毎朝、焼いてますね～」

「ええー。朝からどうしたらこんな豪勢なことになるんでしょう。時間かかりませんか？」

「いえ、ちゃちゃっとやれば十分ですよ。慣れちゃえば早いかな」

「今、小学三年の子が魚の三枚下ろしできるって、お便りあったんですけども」

「ええ〜。それは、かなりすご〜い」

「何か、魚を捌くときのコツみたいなものってありますか？」

「そうですね……コツ、コツですか。うーん。背骨に沿って包丁を引いていくことでしょうかね。ぎこぎこしないことですよね。すーっと、力を入れずにこう手前に引いていく」

「おお、今ジェスチャーしてますけど。全くわかりません。あっははは」

「まあ、慣れたら誰でもできるようになりますよ〜」

「さあ、そんなサトマリさんですが、昨年出されたライフスタイル本『サトマリの里』が若い女性に大人気でなんと十万部突破ということで。パチパチパチー。すごいですねえ。早速お便りも来ています。東京都にお住まいの百合子さん三十代の方から。

『今日は、サトマリが来るということで正座して待ってましたー。私はサトマリがとにかく大好きで、サトマリの本は全部読んで、最近は自分で料理をするようになりました。それでも、仕事なんかで腹がたったり自分に余裕がなくなると、ファーストフードでバカ食いしちゃったり、コンビニで大量のスナック菓子を買いこんで食べてしまいます。後ですっごい自己嫌悪になっちゃうんですけどね。サトマリはそんな衝動食いすることはありませんか？』

ということなんですけれど、いかがですか？　マックなんかに行くこともそりゃありますよねえ？」

「それがー、全くないんですよねえ。もう体がそういうもの欲さなくなってるっていうか～。まあ、正常になったってことなのかな。もう十年以上ファーストフードとコンビニには行ってないんですよね～。ふふっ」

「ええ！　コンビニもですか？　うそ、それで生活できます？　信じられないです。俺、毎日行ってますよ。どうやったらそんな聖人みたいな生活できますか？」

「うーん。やっぱり～手作りの美味しさを知ってしまうと、そういうものを欲さなくなるんですかね～。体って正直ですからね～。久保田さんにも食べ物の本当の味を知ってほしいです。この『サトマリの里』には、時短で作れちゃう料理レシピが沢山載ってるんで、是非試してみてください」

「ほーら、ちゃんと宣伝もして。しっかりしてますよ。あ、本当ですね。今、本を開いて見てるんですが、どの料理もおいしそうです。大根とジャガイモと人参の皮のきんぴら。ああ、皮って捨てちゃいますもんねえ。そういうのを取っておいてきんぴらにするんだ。すごい」

「そうなんですー。逆に皮の方が硬くて食感がいいんですよ。それなんかはホント五分でできちゃいますね」

「俺も独身だから体気をつけないとなあ。百合子さん、俺たち修業がまだまだ足りないようですね。きんぴらを大量に作って、どか食いするってのはどうでしょうね。そうすると、皮が大量にいるのか。中身はフライドポテトにすっかな。ではここで一曲、先程の蟻の王様くんからのリクエストがきていました。フーリンで「パプリカ」」

――次、お悩み相談のコーナーいきます。コロナの影響ですかね。今日お便りがかなり多くて予め十通までセレクトさせていただきました。この辺いかがでしょう？

「ふんふん。これ面白いじゃん。季節的にもいいよね。あ、ちょっと待って、こっち……これにしようか。何これ、ふははは！　やばいねこれ」

――了解しました。では、こちらで。曲明け三十秒前。

〈♪ジュボボボーン。久保ラジラージラララッル〉

「続いては、〈教えて久保っち！〉のコーナーです。罪深き子羊のお悩みをざっくりとビスケットに混ぜてこんがり焼き上げます。引き続き、サトマリさんにもご一緒してもらおうと思います。よろしくお願いします。

今日のお悩み羊さんは、ラジオネーム、ロンドンさん。

『久保田さんこんにちは。先日、ショッピングモールで、ばったり元カノに会いました』

おおー。きましたー！　元カノにバッタリ案件！

『彼女は大学時代よりも都会的で綺麗になっていて、僕はまた恋をしてしまいました。その三日後のお盆に一緒に食事に行き、帰り道告白したら、答えはＯＫ』

ええー。すごいな、展開早いねえ。

『ただ、彼女はこの春からコートジボワールに転勤になるというのです。実は、大学時代も、僕がロンドンに留学したことにより遠距離恋愛になり、別れてしまったという過去があり……。久保田さん、この恋、進めるべきか、やめるべきか、どうしたらいいでしょうか？』というお悩みなんですけれど……ええー！　コートジボワールってアフリカの？　あのけっこうサッカーが強い国だよねえ。しかも大学時代もロンドンとの遠恋で別れてるんでしょう？　遠恋に向いてない二人の気がするけど、でも一度失敗してるからこそ今度は上手くいくかもしんないしねえ。大人になって再会したわけだから。それに昔一度付き合ってたってことは、お互いの性格とかダメなとこも多少は分かってるからさ、離れてても大丈夫な気もするしねえ。うーん、アフリカかー。遠いぜー。俺、一度仕事でガーナ行ったけどね。三十五時間かかったよ。会いに行ける？　俺だったらどうすっかなあ。俺寂しがりやだから無理かもなあ。やめるかも。ロンドン、ごめーん。ちょっとここはサトマリさんに聞こうぜ。どうっすか？　サトマリさん。女心としては？」

「うーん。なんかー、彼女って本当にコートジボワールに行くんですかねえ？」

「へ？　それはどういうこと？」

「いや、女って一回別れた男とまた付き合うとか、そもそもない気がするんですよ〜。だから〜、断るのも面倒くさいし、ありえない国言っとけ〜みたいな。ふふふー」

「おいおい、可愛い顔して怖いこと言うねー」

「ええ？　そうですか〜？　だって〜、コートジボワールに女性一人で転勤ってありえなくないですか〜。彼女さん何のお仕事されてるんだろう。なんていうか〜、ロンドンから出直して来い的なことだったんじゃないですかー？　前別れた理由って、本当に距離だけだったんですかね〜？」

「え？　それはもっと他にも……」

「距離以前に心の距離が三十五時間以上離れてたんじゃないかなあ〜。なんて〜。ふふふー。そもそもね、ばったり再会して、そんな短期間で告白するとかあります？　そっちのが怖くないですか？」

「そ、そんなことないよなあ。男は何度だって初めてみたいに、胸がキュンとするんだよなあ。わかるよ、わかる、俺はロンドンの気持ち。ごめん全然まとまんなかった。余計にとっちらかったな。けどさ、ロンドンの本当の気持ちをもう一度、まずはよく整理して彼女に伝えてみた方がいいんじゃないのかなって思うぞ。頑張れよー!!」

――CM入りました。いやあ、サトマリさんの的確なご意見、しびれましたよ。僕も同じような経験あるから震えました。本日はお忙しい中ありがとうございました。では、こちらに。お見送りいたします。


「じゃ、ありがとうございましたー。失礼しまーす。あ、そだ！　久保田さん、一緒に写真撮ってもらっていいですか～？」

「お、いいんすか？　メタルとか聴いてる男っすよ」

「でも何気に久保田さんインスタフォロワー二十万超えてますよねえ？　はい、じゃあこっちねー」

「こんなスタッフいるのに自撮り？　目でか！」

「やだなあ。おじさ～ん。じゃ、またー。失礼しまーす」

「はい、あざっした！」


――CMあけ三十秒前です。

〈♪ジュボボボーン。久保ラジラージジラララッル〉

「久保田真司の久保ラジ、残すところ五分となりました。スタジオからは青空が広がっていますけども、お花見も今年はダメなんでしょうね。厳しいよねえ。そらもう百合子さんもストレス溜まってバカ食いしますよ。俺はね、こたつに入ってピノ食べるのが冬の至福だったの。そろそろこたつ片付けないとなあって思うんだけど、夜になるとまだちょっと寒くて入っちゃうんですよね。やっぱこたつは人類最大の発明ですよ。でももう〝こーのこたつからの卒業〜♪〟。しなきゃですね。お、卒業といえば、明日卒業式を迎える方々も多いんじゃないかな。おめでとー！　今年は不安な事も多いですけどね、みんな胸張って卒業してこーーーい！

サトマリはとっとと帰って夕ご飯作ってんすかね。食いてー。サトマリの手料理食いてー。いや、でもやっぱり蟻の王様のムニエルっしょ。今日は何をおいても君のムニエルがＭＶＰだよな。お母さん帰ってくるまでに今日は何作るんだろうね。宿題もちゃんとやるんだぞ。では、今日はこの辺で。お相手は久保田真司でした。また明日、同じ時間に会いましょう」

POTETO
CHIPS
LOUD
PARK

外用の防護ヘルメットを被り直すと、ジョンは静かに非常口の鍵を開けた。

「本当に行くのかい。危ないからやめときなよ」

ヘルメットのフェイス部分に弟のショーンの言葉が浮かび上がる。他のみんなは、それぞれの部屋からゲーム対戦や会話を楽しんでいるだろう。いつもの静かな午後だった。

「大丈夫だ。ちょっと散歩したらすぐに戻ってくるから」

ショーンにそう送信して、非常口から外へ出た。

人工の芝生と花々が咲き乱れるはりぼての街が終わると、荒涼とした砂漠となり何世紀か前に建てられた日干し煉瓦の家々が建ち並ぶ。砂粒がヘルメットに当たってチリチリと音を立てる。時々、課外授業で砂漠の入り口に建てられた碑のところまでは来ることがあったが、単独行動は禁止されていた。碑は、このシェルターが完成した時に何代か前の人類が作ったもので、ここから先に出てはいけないという目印でもあった。

〈キオン：65ド　カゼ：ヨワイ〉とヘルメットに表示される。照りつける太陽も、防護服が上手く適温にしてくれるので心配はいらない。殆どの情報がこのヘルメットに表示され、人々は喋る必要も考える必要もなくなった。それはある種とても穏やかな世界だった。

ジョンは境界線の外へと踏み出した。砂の向こうに建ち並ぶ朽ちたビル群、資料では見たことがあるタイヤのついた四角い車、橋のようなものもあるが、とうに水は干上がっていた。

しばらく行くと煉瓦で造られた筒が砂の中から顔を出しているのを見つけた。錆びついた鉄の蓋を開け見下ろすと、深い空洞になっているようだ。これがAIロボットのアンジェラが言っていた井戸という場所だろうか。本当にこんな筒の中に水があったというのか。マイクロスコープを使って見ても空っぽで、水らしきものは一滴も見当たらなかった。

ガゴーと風が吠え、視野が一瞬にして奪われる。さっきまで穏やかだった空が灰色になったかと思うと、砂嵐が巻き起こった。ここ十年、雨が降ることは一度もなく、大地から生命は姿を消し、こうして変な風が吹いては黄砂をシェルターの中にまで運んできた。

ヘルメットの信号が赤に点滅し、〈キョウフウ〉と警告される。ときどきこのヘルメットはポンコツだ。今言われても、もうどうすることもできない。ジョンは井戸の縁につかまって飛ばされないように伏せた。

誰かが肩を叩いた。井戸の中へ入れと指差しているのが砂嵐の中にかすかに見える。悪人かもしれないが、ヘルメットのバッテリーが強風のせいで殆どなくなっている今、四の五の言ってはいられない。ジョンは、注意深く上体を移動させ、息を止めると井戸の中に飛び込んだ――。

どのくらい眠っていただろう。目を覚ますと見たことのない茶色い部屋の硬いベッドの上だった。長い黒髪の後ろ姿はヘルメットをつけていなかった。

その人が口を動かすと、

「やあ、お目覚めかい。不良な男の子」

と、ヘルメットに翻訳されて出てきた。彼女は別の星からの移住者らしい。ヘルメットごしにかすかに聞こえる言葉も、ジョンには分からなかった。

「君、ヘルメットを被らなくても平気なのかい？」

と送信しようと思って、相手にヘルメットがないから伝えられないことに気づいた。

「でしょ？　びっくりだよね。ヘルメットなしで生活してるなんて。私の名前は洋子。この辺の地質調査をしていたんだけど、この井戸を気に入っちゃってさ、こっそりここで暮らしてる。あんたも同類？　抜け出してきたんでしょ？　ヘルメット脱いでみな。井戸の中だからか砂は多少入るけど、危険なウイルスが入ってこないの」

と翻訳された。

ヘルメットを外すことは死を意味している。シェルターの外では、ウイルスや砂嵐で人間は生きていけないと子どもの頃から教えられ、ずっとヘルメットをつけて暮らしてきた。父さんの顔も母さんの顔もショーンの顔も、ヘルメットをつけたところしか思い出せなかった。ジョンは黄砂を運んでくる碑の向こうをずっと見てみたかった。そこに本当の世界があるのではないかとそんな気がしてならなかったのだ。

　恐る恐るヘルメットを外し、ゆっくりと息を吸ってみる。体の中に、いつもより重たい空気が入る。肺が冷たく感じるけれど、苦しくも痛くもなかった。むしろ心地いいくらいだ。

「ほら、スープ。食べれば？　けっこういけるよ」

　差し出された器を受け取る。土色をした入れ物が手のひらにずっしりと重たい。これは一体、何で出来ているのだろうと器をまじまじと観察していると、洋子が勘違いしたらしい。

「大丈夫さ。食べても死なないよ。ほら、あそこ。地下水が湧いているのを見つけたんだ。水があるってことは、草だって虫だっている。そういうものを鍋に入れて……」

　ここで、隣に置いたヘルメットのバッテリーが切れてしまったので、翻訳も途切れてしまった。確かに、石で囲われた小さな窪みから、ごくわずかだが清水が湧き出ていて、傍には紫色をした小さな花が咲いている。シェルターの中でも培養液で数十種類だけ栽培されているが、これはとうの昔に絶滅したと言われているスミレという幻の花かもしれない。

その隣で赤くチカチカしているのは、まさか火だろうか。手を近づけてみると熱くて飛び上がってしまった。何もかもが信じがたかった。ジョンは木のスプーンで、とろみのあるスープをすくうと、恐る恐る口へと運んだ。まずいか美味しいかで言うと、とんでもなくまずい。いつも食べているビーフ味の栄養剤や、いちご味のドライフードの方がずっといい。それでも、食べたそばから胃袋がほかほかと温まって、今まで味わったことのないような力が湧くのを感じた。

洋子が手招きするので慌ててスープを飲み干して、後を付いていった。地上からの光がわずかに差す井戸の周辺を離れた途端、辺りは真っ暗になり寂しい匂いがした。

洋子の持つランプを頼りに細い地下道を歩いていくと、視界が開けていくつかの建物が現れた。何世紀か前の巨大地震で地底に沈んだと言われる本物の街だろうか。殆どは朽ちているが、一つだけ周りの瓦礫に守られるように残っている建物がある。地上からうっすらと漏れる光で、屋根のてっぺんに不思議な球のようなものが付いているのが分かった。栄養剤の袋によく描かれている玉ねぎに似た形だ。

扉を開いて中に入ると巨大な円形ホールのようだ。シェルターの一つの町がすっぽりと入ってしまいそうな大きさだった。薄暗いホールを見渡すと、すり鉢状の側面をびっしりと客席が埋めている。その数は数千、いやそれ以上かもしれない。かつてはここに人が集まって何かが行われていたのだろう。天井の穴の空いた場所から幾筋かの光が差し、白地に赤丸のついた旗が破れてぶら下がっている。

ステージの中央には見たことのない黒くて大きなものが置かれていた。生きているようにも死んでいるようにも見える。その黒い巨体の前っ面には、人差し指ほどの白くて細長い板が歯のようにびっしりと並んで、歯と歯の間には今度は半分の大きさの黒い板が並んでいた。洋子はその大きな物の前の椅子に腰掛けると、白い板の一つを指で押さえた。

ぽーん。

こだまする音に驚いてジョンは、肩をきゅっと上げた。

ぽろんぽろん、だだだーん。

ジョンは目を瞬《しばた》いて黒い大きな物の裏に耳をあててみる。ぱらぽろるるーん。どうやら、音はこの大きな黒い箱の中からしているようだった。

その音に乗せて、ふぁーっと、洋子が口から音を出した。これまで生きてきた中でこんなに美しい音も光景も知らなかった。この人は、もしかして本当に太古の魔法を使える魔術師なのかもしれないと思った。

多分、洋子は「君もやってごらん」と言っている。言葉はわからなくても、表情で何となく言いたいことがわかるようになっていた。ジョンは自分にできるはずがないと、首をぶるぶるるっと横に振った。

洋子はもう一度「大丈夫、声を出してごらん」と言った。ジョンはもう随分と声を出していなかった。もしかしたら、生まれてきたときに泣いて以来、自分は声などという原始的なものを使ったことがないかもしれないと思った。ふぁーららー。洋子の声が、黒い大きな物の音と混ざってホールの屋根を突き破ってどこかへ飛び立とうとしていた。

ジョンは口を開いた。声を出そうと力を入れてみるけれど、何度やってもベロが出たり、さっき食べたスープが出そうになるばかりだった。洋子が、大きく開いた口の中を見せ、ジョンの腹をぽんぽんと叩いて、ここから出すのだと言った。ジョンも腹に手をあてて真似てみる。スープこそ出なくなったが、今度は息が出るだけで声にはならなかった。洋子が、あはははっと笑った。ジョンもふふふふと笑った。

「あ、それだよ。出たじゃん」

と、洋子がまた笑った。ジョンは初めて自分の声を聞いた。美しくはないが、嫌いではなかった。そして、ふぁーっと小さく唸って、だんだんと大きくして、ホールの真ん中で、

「わーーーー」と叫んだ。

腹の奥に溜まっていたヘドロのようなものが、全部剝がれ落ちて声と共に流れていく。髪の毛の先まで熱くなって、細胞の一つ一つが様々な色に点滅し波打っているのがわかる。何度も何度も「わーーー」と叫んだ。怒りのような、喜びのような、哀しみのような、その声に混じって一緒に目から水滴が落ちていく。自分の体が、自分だけのもののような気

がして怖くて仕方なかった。けれど、やっと自分と出会えたような変な気持ちだった。天井に声はぶつかって、あっちこっちに跳ね返りながら、鼓膜を揺らし続けた。

はーーーおーーーー。えーーーおーーー。何だか分からないが洋子の声が轟いた。

はーーーおーーーー。わーーーおーーー。何だか分からないがジョンの声も轟いた。

これは何だろうかとジョンは思った。ただの声ではなかった。頭では追いつかない。そうか、ヘルメットをしていないからだ。いいや、ヘルメットをしていても本当に知りたいことは、何一つ知ることができなかったじゃないか。世界の奥、砂に埋もれた空間で二人は、狂ったように声を重ねた。

風がゴウとうねった。天井から射し込む光に反射して、壁の鉱物が星のようにキーン、パチーンと鳴った。湧き水はちろちろと、美しい音色をたてて流れていく。

「歌だよ。う、た」

と、洋子が言った。

「う、た？」

「そうだよ。これが歌だよ。うた」

ジョンと洋子は歌った。風が奏でるメロディに乗って、水の流れ行くハーモニーに合わせて、陽に反射して輝く鉱物のリズムに身を委ねて。

新しい宇宙の始まりだった。二人は歌いながら踊った。どこにも行けないのに、どこにでも行けそうな気分だった。

その時、ぽとりと何か冷たいものが頬に当たった。破れた天井からまた、ぽとん、ぽたたたた。洋子が驚いて目を丸くしている。

「信じられない。雨が降ってきた。ひゃほー」

それは十年ぶりの星の歌だった。

次第に雨は強くなり、洋子はずぶぬれになりながら踊った。天井に打ち付ける雨音をジョンは幸せそうに聞いていた。

「一人で見る夢はただの夢だけど、一緒に見る夢は現実になるのね」

と洋子が言ったけれど、まだジョンには分からなかった。それから、

「大変、ピアノが濡れちゃうわ」

と、げらげら笑いながら、二人で黒い大きな物を引っ張って天井の壊れてないところへ持っていった。こんなに力いっぱい何かを引っ張るのも初めてのことだった。

白い地下足袋

　フランクフルトが鉄板の上で飛び跳ねていた。長蛇の列は商店街の入り口辺りまで続いている。まどかは、左手でケチャップの容器を振りながら、焼け目のついたフランクフルトをトングで転がした。

「旺《おう》ちゃん、新しい袋開けて。あと、ケチャップ足りないから買ってきてもらえる？」

　夫の旺輔は、うんざりするほど見てきた業務用のそれを鉄板にぶち込むと、油まみれになった半纏《はんてん》のままコンビニへ走っていった。

　秋祭り、鈴木夫婦は昨日からずっとフランクフルトを焼き続けていた。最初の年は神輿を担いで帰っていたが、誘われるままに実行委員の打ち上げに出てしまったところ、商店街の屋台の手伝いを頼まれてしまったのだ。去年はラムネ係、そして今年は花形の焼き物係を仰せつかってしまった。青年会の金髪リーダーが言うには、昇格らしい。

「どうもー、鈴木さんお世話になりますー」

　同じマンションに住む斎藤さんが息子を両手に引き連れてやってきた。

「ご家族でお祭、いいですね。何本にしましょう」

「十本で」

育ち盛りの男の子というのはそんなに肉を欲するものなのだろうか。旦那さんは後ろで赤ちゃんを乗せたベビーカーを押している。

「ケチャップはかけます？」

いらないと下の子は言ったが、上の子はいると言って喧嘩しはじめた。

「じゃーあー、ケチャップありが四、なしが二、ケチャップとマスタード両方が四で。マスタードのだけ別のパックにしてもらえる？　ごめんねー」

自分がもし母親だったら、長蛇の列を前にこんなに面倒くさい注文をしないだろう。いや、いざとなったらするのかもしれない。斎藤さんは商店街の水色のチケットを十枚切って渡すと、スマホをいじる旦那を肘でこづいて、パックを受け取らせた。

新調したばかりの白い地下足袋が油でぎとぎとだった。二人にフランクフルト大使を命じた同い年の金髪リーダーは、さらしを巻いた祭女たちとビールを飲み飲みいちゃついている。

「どこのコンビニもケチャップきれてて何軒も回ったよ」

旺輔が走って戻ってきた。

「おつかれ〜。確かに今日はケチャップ使う人いっぱいだよね。そういえば二階堂さん来ないね。あの人もフランクフルト係じゃない？」

「確かに遅いねえ……」

油の跳ねる鉄板の向こうで、子どもたちの歓声が聞こえる。笛の合図でお菓子めがけて、数人ずつ子供が走り出す。お菓子を入れた袋はどれも同じように見えるが、中に『果物』とか『米』とか書かれた当たりクジが入っていることがあるので、実は大人の方が楽しみだった。

「暑いのにご苦労だね。一本お願いできる？」

肉屋のおばさんが、わたがしを持った女の子を連れてやってきた。こんなに小さい孫がいたことを知らなかった。隣県に住んでいる末娘の子供で、祭だから遊びに来ているのだと目を細めている。

「あれ？　お菓子拾い今始まったよ。行かなくていいの？」

まどかはトングで賑やかな方を差しながら女の子に尋ねた。女の子は、歓声のする方を見つめておばさんの手を引っ張るが、おばさんは諭すように「もうおばあちゃんがもらってきたから、帰ってこれ食べよう」と、トートバッグの中の菓子袋を見せている。

「こんなに暑い中走らせるのも危険だから、先にもらっちゃったの」

ぺろっと舌を出し、おばさんは旺輔からパックを受け取ると孫と帰っていった。

歩行者天国になった道路に並べられたお菓子袋めがけて子どもたちが走り出し、母親たちがスマホで写真をとっている。

「あのお菓子詰めるの結構大変だったよな。子どもたちが喜んでて良かったじゃん」

旺輔が、フランクフルトを転がしながら気のない顔で言った。いい人ぶって。言いたいこと言えばいいのにと、まどかは思った。

「そだね、良かったね」

そういう自分も言いたいことを言えばいいのに。

一昨日の夜、リーダーに集会所に集まってほしいと言われたので行ってみて二人は驚いた。集まっていたのは保護者でも、祭りの中心的若い衆でもなく、ボランティアが好きそうなおじいさん、おばあさんばかりだった。そこに、比較的暇そうな二人も招集されたらしかった。

うまい棒やさいサラダ味、蒲焼さん太郎、コアラのマーチ、マシュマロ、じゃがりこ……作業台の上に並べられた箱入りの駄菓子を一つずつ取ってナイロン袋に詰めていく。地味だ。ひたすら地味だ。誰一人つまみ食いする者はいないし、無駄口一つ叩かない。十五人ほどのメンバーで三百袋近く、まるで工場の流れ作業マシーンのようだった。

帰り際、自治会長の野田電気のおじいちゃんが「君たちがいつも来てくれるからほんとに助かるよ」とさっき詰めた菓子袋をこっそり二人にだけ渡してくれた。子どもがいないのに来てくれてありがとうと言われたようで、その気遣いが、ちくりとまどかの胸を刺し、いつまでも抜けなかった。夜道をうまい棒を食べながら帰った。

二人はもともと静岡の出身だが、数年前、旺輔の転勤で東京に引っ越してきた。しばらくは賃貸で暮らしていたが、ついに購入したマンションが下町の商店街に近かったので、子どもができたときのことも考えて、思い切って地域に入ってみることにした。もちろん悪い人はそういない。みんな親切だしすぐ仲間に入れてくれた。でも東京にも地元民という考えがちゃんとあって、数的に地方出身者の方が多い東京においてむしろそれは、地方よりももっと強いのかもしれなかった。人当たりは良いが、ちょっとやそっとじゃ奥には入っていけない何かがあった。そのうち馴染むだろうと思ったが、三年が過ぎ四十代になってもやっぱり越えられなかった。

まどかはその何かに心当たりがある。小学五年生の夏休み明け、近くにニュータウンができ、一クラスからいきなり二クラスになった。転校生の人数の方が多くなった教室で、よその子達は新しいルールを作り、リーダーは変わり、中学生の問題集もすらすら解いた。まるでクラスを乗っ取られたようだった。「いいよ」と頷きながら、まどかは自分達が長いことかけて見つけた秘密の場所や遊びは教えなかった。大切にしてきたものが塗り替えられてしまうのが怖かった。あれとつまりは同じ感情なのだろう。

フランクフルトもようやく残り二十袋を切った。「ケチャップとマスタードかけますか」

の聞き過ぎで喉がガラガラだ。どうせ潰すんだったら、もっとましな言葉で潰したかった。

「おうおう、遅れてすまんかったな。別の商店街で提灯が落ちてるって連絡あったから直しに行っててなあ」

真っ黒に焼けた長身の二階堂さんが、オールバックにした頭をぴょこぴょこ下げながらやってきた。鳶職の二階堂さんは、祭の設営でも一役買っているようだった。

「ほれ、ビール飲みや。くすねてきた」

二階堂がプラカップに入った生ビールを二人に差し出した。

「えっと、飲んでもいいんですか？」

「当たり前や、こんなタダ働き。やってられんやろ」

長半纏から出た屈強な腕で生ビールを渡すと、二階堂は豪快に笑った。確かに毎年酒屋の外にビールサーバーが出て、地元の人が代わる代わるに飲んでいるなとは思っていたが、まどかも旺輔もこういうのに便乗できないタイプだった。

二階堂は、みんなから「ニイさん」と呼ばれて慕われも嫌われもしない不思議な人だった。金髪リーダーたちとも話はするが特に群れたりはしないいし、打ち上げにも参加してないと思う。昔はこの街に住んでいたそうだけど、元々は関西の人で、今は仕事の関係で川崎に住んでいると言っただろうか。ニイさんは、ビールを半分飲むと、鉄板の端でちょうどいい塩梅に焼き目のついたフランクフルトを取ると、マスタードをたっぷりかけ齧りついた。

「ちょっと、ニイさん駄目ですよ。ただでさえ残り少ないし、この行列見えてます？」

まどかが呆れて注意する。

「なくなったら他に行くやろ。あんたらは商店街で商いしてる人やったかな？」

「いえ、私たちは普通のサラリーマンですよ」

「やろ。俺もやねん。商店街のために頑張ってるんやからガンガン食ったらええと思うで」

誰も言ってくれなかったことをさらっと言ってのけた。全くその通りだった。人のためと思って頑張りすぎるから、どんどん卑屈になるのだ。

二日目にして初めてフランクフルトを食べた。ぶ厚い皮が前歯にはじけて中から油が勢いよく飛び出して、ビールを飲みながら齧り付くと清々した。

「美味しいんだな、祭で食べるフランクフルトって」

と旺輔が言った。ニイさんは調子にのって隣の焼き鳥と交換し始めた。まどかと同じように生真面目な焼き鳥担当も最初は驚いていたが、ついにフランクフルトを頬張り始めた。

二杯目のビールと焼き鳥を食べて、二人はやっと祭気分になってきた。後は俺に任せて出店を見てきな、とニイさんが言うので、二人は商店街をうろついてみた。半纏をまとって赤い顔で歩き回る男たちで溢れた街は、いつもと違う熱がうずまいている。屋台で買った冷やしキュウリを食べながら、パイプ椅子に座って地元の吹奏楽団の演奏を聴いたりした。そうして、神輿が出てくる頃には、すっかり五百本のフランクフルトもはけてしまった。

六基の神輿が商店街の中央に集まって、歩行者天国になった道路は、人でごった返していた。神輿のてっぺんで黄金に輝く鳳凰のくちばしは、新米の稲穂をくわえている。担いだ時、この穂をゆっさゆっさと美しく上下させられるかが、各地域の腕の見せ所なのだとリーダー達が話しているのを聞いたことがある。

マイクを持った商工会の理事長が舞台に登ると挨拶を始めた。見渡すと、神輿の先頭の花棒を狙うねじり鉢巻の若者たちも、羽織袴にカンカン帽を被った役員も、屋台にはいなかった。まどかは挨拶を聞きながら高校時代を思い出していた。やっぱり自分も旺輔もあの頃から何も変わってなくて、いつも文化祭の末端で働き、美味しいところはこの人たちに持っていかれる人生なのだった。

挨拶も終わり、いよいよ開始の合図を待っていると金髪リーダーが二人の所に走ってきた。

「旺輔さんたちさ、悪いんだけど駅前で今から木遣唄《きやりうた》の儀式があるから、行ってきてくんない。聴く人が足りないらしくってさ。ごめんね、退屈なんだけど、ま、立って唄聴いてりゃいいだけだから。よろしくー」

そう言うと、同じくらい眉毛の細い地元の友達と肩を組んで行ってしまった。

「きた。やっぱそうなるんだ」

旺輔がため息をつく。

「ここにはこれだけ人がいるのに聴く人が足りないって、一体どういう状況なのよ」

それでも、すぐ始まるというので二人は駅まで走った。

息を切らして到着した駅前、がっちりよく焼けた男たちが整列している。この地域のではない緑の半纏を着た男たちは滔々《とうとう》と歌いだした。唄というよりは、俳句のような七・五調の拍子は、どこかで聴いたことのある懐かしい旋律だった。街の喧騒を包み込むように、その声は強くて優しかった。

子どもたちが泣き叫び、おばさんは立ち話をし、犬は喧嘩をし、唄を聴こうとする人は誰もいなかった。それでも、今、世界中で二人の心だけにはちゃんと届いている。ばらばらの空気が束ねられ、しゃんと背骨が自立していくようだった。体の中を唄が巡って、淀みの蓋が開き静かに流れ出ていく。

「ね、あれ二階堂さんじゃない？」

旺輔がまどかの耳元で言った。

「ほんと。ニイさんだ。真面目な顔して歌ってる」

ニイさんは一番後ろの列の真ん中で、ときどき首を捻りながら気持ちよさそうに歌っていた。さっきまでとは別人のように。いや逆だ、ちっとも変わらないのだ。ニイさんは自分のやりたいことをやっていた。自分の方法で地元と接点を見つけて無理なく、遠慮なく。こういう子がクラスに一人いて、いつも助けられていたっけなあとまどかは思い出した。

唄が終わって周りを見渡すと、お菓子を詰めにきていた人ばかりで、なんだか可笑しくなった。学生時代からずっと、この人たちも学祭の準備ばかりを続けてきた人生なのだろう。特に「不平等だ」などと声をあげることもしないで、よく馴染んだ地下足袋みたいにこのポジションを全うしてきた人々だ。まどかは、同志達と目を合わせると、小さく微笑み合った。

ぽってりしたお腹と丸いメガネが人影の中に見えた。笠をかぶっていたから分からなかったけれど、木遣集団の先頭で裃姿に扮して歌っていたのは、自治会長の野田電気のおじいちゃんだった。二人が挨拶をしに行くと、

「やあ、君たち。こっちに来てくれたのかい」

と、嬉しそうにしている。まどかは木遣唄の由縁を聞いてみた。

「木遣唄は、元々は鳶職の人たちの仕事の掛け声だったんだよ。そこからお祭や婚礼なんかの祝の席で歌われるようになってね。うちの街にも昔は木遣の会があったんだけど、十年ほど前になくなってしまって、今は毎年川崎から来てくれるんだわ。やっぱり締まるで

しょ。祭ってのは、楽しいのは無論かまわないですけど、始まりと終わりが大事だからね」

五分おきに電車が到着し、人の群れが改札から吐き出される。人々は、半纏姿を珍しそうに眺めつつ流れていく。さっきの唄の欠片がまだふわりふわり浮遊していて、駅全体が清められている感じがした。野田電気のおじいちゃんが言うのは、きっとこういうことなんだろうとまどかは思った。ニイさんが二人を見つけ声をかけた。

「なーにやっとんのあんたら。もう神輿出たんちゃうか？　こんなとこに来てたらあかんやん」

「ニイさん格好良かったですよー。こっちに来て得しました」

旺輔がそう言うと、ニイさんは恥ずかしそうにオールバックの横髪をなでつけてはにかんだ。半纏の下をよく見るとジョン・レノンとオノ・ヨーコの顔がプリントされたＴシャツではないか。ＬＯＶＥと書かれている。みんな白や紺の鯉口シャツだというのに、やっぱり自由人だった。

まどかは、学園祭の帰り道みたいにすっかり満たされていた。神輿が出てしまった商店街には誰もいなくて、三人は酒屋前のぬるいビールで乾杯する。でもやっぱり、少しだけでも神輿を担ぎたいよね、と、遠ざかっていく祭囃子を油でベタベタの白い地下足袋で追いかけた。

ゴールデンウィーク恒例の、バレー部の同窓会だった。リモート飲み会になった今年は、参加者も増えるんじゃないかと思って久々に出席したけれど、結局ドタキャンばかりで、いつものコンビに私が加わっただけになってしまった。子どもが……とか、旦那の実家がとかいうのは口実で直前になって昔の付き合いがちょっと面倒になったんじゃないかと思う。リモートってそういうとこ便利だよな。

優子が画面の向こうでスルメをかじりながら何か言っている。優子の家の電波状況が悪いのか口を開けたまま静止してしまった。会話もとぎれとぎれのグダグダだけど、私も小鳥もそのまま放置していた。世の中このくらいでいいときもある。何でもかんでもきっちりしすぎだから息苦しいのだ。

「そやけど、あの頃には想像できんかったよなあ。小鳥の方が早々と別れて、恋多き翠がすっかりお母さんやもんなあ。そういや、子どもらは？　学校休みやけど、どうしてるん？」

優子はやっとバグっていることに気づいたのか、電波の良いところを探して、家中うろうろしながら尋ねた。

「ああ、旦那と公園へ行ってる。しばらく旦那も子どもも家だから、けっこう大変でさあ」

「へー、いいやん、家族一緒に過ごせて。あれ、翠の旦那さんって在宅勤務できるんだっけ。何の仕事？」

と小鳥が言った。今日知ったけど、小鳥は去年の冬に離婚したみたいだ。

「出版社に行ってる。といっても小さい出版社だけどね」

「へー、出版社かー。すごいなあ」

小鳥がニコリと微笑んだ。ん？　なんだろうこの微妙な空気。子どもの塾の先生とも画面越しに喋るから慣れているはずだが、久々に会うからかどうも空気が読めない。やっぱり私もキャンセルすれば良かった。

高校時代、帰る方角が一緒だったから、いつも三人は一緒だった。

セッターの優子と、アタッカーの小鳥は小学校からの幼馴染みで、府内でも有名なコンビだった。強豪チームの中で私は万年補欠だったけれど、そんなこと関係なく何でも話し合える仲間だった。合宿も対外試合も、勝っても負けても一心同体だと思ってきたはずだ。

結婚してからだろうか、疎遠になってしまったのは。特に何か原因があったわけではない。子育てに忙しくなったからというより、単に共通の話題がなくなっただけだろう。毎年こうしてみんなで集まっても、その後二人だけで飲み直しに行っているのを知っている。高校生じゃあるまいし、そんなことにいちいち嫉妬したりはしない。私には家族がいる。東京の小鳥の家にも優子は頻繁に遊びにいっているに違いない。でないと、いくら友達でも小鳥の離婚をいじったりできないもの。

「優子は病院勤務大変じゃないの？　今の時期ってきっとみんなピリピリしてるよね？」

話題をすりかえてみる。

「そうやんなあ。優子、本当にご苦労さま」

小鳥が大げさに優子を労う。

「まあ確かにピリピリはしとるけど私は内科やから。子どもがいてる人は特にいろいろ気使うと思うなあ。嫌なこと言われたりした人もおるっていうし。私はまあ独り身やし、全然平気やで。子どもと言えば、翠のとこ何年生やっけ？」

おお、流石セッター。また話をこっちに戻すのか。

「ええと、小学四年と二年になったよ」

「あの翠が二十四で結婚したときは、びっくりやったもんねえ。高校時代何人と付き合ってたっけかな？」

優子のトスを受けて、小鳥がアタックを打ってきた。

「いやいや、重なってはないからね」

私も一応レシーブはするが、明らかに押されている。

「だって、御手洗さんを仕留めた女やん？」

「久々に聞いたわその名前！　二六歳の若き作曲家、御手洗さん。胸アツすぎる」

「今日は三人だけやから、この話してもええやろ？」

「こういうキュンとする話、最近全然してないもんなあ」

もはや、どっちがどっちの声かわからなかった。興奮気味の二人の顔が画面ぱんぱんに迫ってくる。

「なあなあ、翠、あの名曲喫茶はもう行ってないん？」

「まさか、二人とも何十年前の話してんの。行ってるわけないやろー」

「ひゃー、焦って関西弁に戻ってるし！　ほんまかなー」

前髪を束ねた優子のおかめ顔が、バグって静止する。

「でも、今思うとすんごい青春やね。あんな少女漫画みたいなことほんとに起こったんやからね」

小鳥が一言一言、噛みしめるように語りだした。

「忘れもせえへん、高二の春、遠征で東京行ったときやったよね。財布落として泣きべそかいてた翠に、お母さんから電話がかかってきた。学生証の裏に実家の電話番号書いてたんよな確か。拾ったのは九歳年上の御手洗さん。そうして、少女は財布を直接渡してもらうことになったのです。彼が待ち合わせに選んだのは、なんと名曲喫茶。クラッシックの流れる店内に少女たちは吸い込まれていく……」

「ちょっと待って、今考えたら怪しくない？　なんで名曲喫茶で渡す？　しかもけっこういかがわしい場所にあったよね。普通、デパートの喫茶店とか、ハチ公前でよくない？」

酔っぱらった優子が突っ込んできた。

「そりゃあ、どんな人か全くわからんから、人の少ない場所の方がいいと思ったんやない？」

「ええー。そうかなあ。女子高生に財布渡すのに名曲喫茶って、この歳になって考えたらけっこうやばいよ」

「まあ、それで終わらんかったのがねえ……。二人は運命って思ってたんやけどなあ」

小鳥が、遠い目で呟いた。

そうだ、それで終わりにしなかった。私は、半年後またばったりと東京で御手洗に会った……ということにしているが、本当はまた会えるかもしれないと思って、修学旅行のとき一人でわざとあの名曲喫茶に行ったのだ。

御手洗は、二階席のスピーカーの前の席に座って本を読んでいた。ずっと話しかけられずに、斜め横の席からただ彼を見ていた。ライターでなくてマッチをすって煙草に火をつけ、流れてくる旋律に合わせて口を閉じたままハミングしている。白いシャツのボタンは二つ開けて、黒縁のメガネがだんだんとずり落ちてきて、それを右手中指で押し上げる。目にかかった前髪をときどきかき上げる度、長くなった煙草の灰がシャツに落ちてしまいそうでひやひやした。

私は偶然を装って声をかけてみた。彼は驚いて、でも顔をほころばせて再会を喜んでくれた。帰り際、さりげなく電話番号を交換した。そうして迷惑にならない程度にときどきメールをして、彼が音楽大学の講師をしながら作曲家を目指していると知った。私の全く知らない世界に住んでいる人だった。それでいて少年のように常識にとらわれない無垢な魂に包まれた人だった。何度目かの恋は、今までのどれよりも私を夢中にさせた。

翌年、東京の大学を受験し、何度か会ううちに本当に御手洗さんと付き合うことになっていた。バレーの才能はなかったけど、恋愛の才能はあったのかもしれない。今、相手が何を望んでいるのか、どう言えば喜んでくれるか、学んでもないのに全部分かった。

「ね、さすがに、あれからもう会ってないんでしょう？　何してんのかな御手洗さん。今頃、売れっ子作曲家になれてたらいいね」

小鳥は相変わらず天然だけど、三十過ぎた天然はただの空気読めない人だと思う。

「会ってるっていったらどうする？」

二人が言葉を失っている。

「それは、駄目、やないかな、だって……」

続きを言いかけて優子がまたバグってしまった。

「やだー、冗談だよ冗談。もうどこでどうしてるかも知らないよー」

私は大げさに笑ってみせる。

「けど、そういう気持ちになることってあるよね？」

と小鳥が言った。

「へ？」

「あるでしょ？　そういう気持ちになること。私はあったよ。離婚して小さなアパートに一人でいるとね、ふと、私ここで何してるんだろうって。このまま一人で歳取っていくのかなって。別れんかったらよかったかなとか思うこともあるし、高校時代に戻りたいなとか、もう大阪帰ろっかなーとか思うこともあるんよね。女は上書き保存って、あれ嘘やんな。割り切れることばっかじゃないよ。くよくよすることとやってあるし、過去にすがりたくなることだってあるしね」

優子不在のまま、小鳥がこんなに喋ることは今までなかった。少なくとも私に、自分の気持ちをあけすけに伝えたのは初めてのことだ。

「小鳥、頑張ったんだね。でも、もう大阪に帰ってもいいんじゃないかな？　そんなに無理することないよ」

「うん。でもな、まだ帰れへんねん。私、結婚してから東京きたやん？　全部嫌いなまま帰るの、なんかしゃくやなって思うんよね。せめてこの街を好きになってから、堂々と帰ろうかなって」

私は小鳥の決意に深く頷いた。

「御手洗さん、なんか不思議な魅力のある人やったよねえ。才能の塊っていうか。私だってあの辺通る時、いまだに思い出すんやから、翠も懐かしく思うときあるやろ？」

「それがね、私、全く思い出すことないねん。二人に言われて初めて彼のこと思い出したかも。御手洗さんかー。懐かしいわ。今頃、何してんのかなあ」

「うわー、流石。百戦錬磨の女は言うことちゃうなあ。別れたときは大変だったのに。今が幸せな証拠やね。良かった、幸せそうで」

小鳥が画面の向こうでニコッと微笑んで、また微妙な空気になる。あれ？　何だろう、私、今イラッとしてない？　カメラ位置の関係かな、見下されているみたいな笑顔に見えた。口角は思いっきり上がってるのに目が笑ってない。この違和感には覚えがあった。

そうだ、私は高校時代からずっとこの笑顔を見ると話を終わりにしなくちゃと思っていたような気がする。これ以上は二人の世界に入ってはいけない、そう思っていた。決して小鳥のことが嫌いとかそういうことじゃないんだけれど。

ああ、思い出してきた。何でも話せてたなんて、記憶の改竄《かいざん》だ。帰り道の話は途中からいつも試合のことばっかりで、補欠の私の意見も聞いているふりして私のことなんて見ていなかった。二人はお互いの目だけを見ながら話していた。インターハイをかけた試合で優子が指の骨を折ったときも、小鳥は多分それを知りながら止めなかった。私はベンチからいつも見ているだけだった。一生分の熱を使い切るほどバレーに命を燃やす二人のことを。私にはないものを持っていた二人のことを。二人が私を見てくれたのは、御手洗さんのことを報告するときだけだった。まるで疑似恋愛をするかのように羨望の眼差しを私に向けた。そのときだけ私は対等でいられると思えた。

優子は相変わらずバグったままで、ついでにトイレにでも行ってしまったのか画面に姿が見えなくなっていた。

「じゃあ、私、そろそろ夕飯の支度するから。優子によろしく言っておいてね」

「あ、標準語に戻った。家族モードにスイッチ入れ替わったんや。うんうん、じゃあまた。会えて嬉しかったよ。ばいばーい」

パソコンを折りたたむと、いつもの台所だった。日が落ちてすっかり肌寒くなってしまった。テーブルの上で携帯が震える。夫からだ。

〈あと30分したら帰るね〉

何一つ不満はない。かわいい娘達のためなら命を捨てることだってできる。でもときどき、この幸せの奥から迫りくる何か大きなものに押しつぶされそうになる。川面で朽ちていく親魚のように、家族のためだけに身を捧げる日々が惨めに思えるときがある。鏡の前で自分の目を見たとき、夫の下着をたたむとき、母という枠に入れられて自分が姿を消すとき。そんなとき必ず御手洗さんのことを思い出した。彼と一緒に歩む人生はどんなだっただろうか。歩めなかったもう一つの道を思うと闇の方へひた走りたくなる瞬間がないといったら嘘になる。

御手洗は優子たちと同じ種類の人間だった。一生分の命を使い果たしてもかまわないというように創作に没頭していった。私はただ傍で見ていた。あの日、ベンチから二人を見ていたように。そして次第に熱い炎に焼け焦がされていくのがわかった。私にはあの人たちと同じ火がなかった。

「たっだいまー」

子どもたちが、春風のように家の中に飛び込んできた。同時に、こめかみ辺りにまとわりついていた毒々しい気は泡になって消えてゆく。ああ良かった。私は母として永遠にスタメンでいられるのだから。小鳥たちの決して手に入れることのできなかった一番の幸せを摑んだのは自分なのだから。あの頃、わからなかったことが今はわかる。愛の正体についてだ。頭で考えて作り出すものではなく自然に湧き上がる泉のようなものだということ。

「ほら、二人とも、先に手洗いうがいだろ」

夫が洗面所で娘たちを呼んでいる。

「はーい」

廊下を走る娘たちの小さな足音。

家族の目を盗んで何度かあの名曲喫茶を訪れたことがあった。二階席のいつものテーブル、そこにもう彼はいなかった。同じように、本を開いて爆音で流れる音楽に身を委ねた。もし彼がいたら自分はどうするつもりだったのだろう。

「お母さん、今日ね、パパよりも速く走れたよ」

「嘘だよ。それパパが途中で靴脱げたからだよ」

娘たちの話に相槌をうちながら、夕飯を作る。夫がテレビをつけると、タキシードに身を包んだピアニストが登場し、管弦楽団との演奏が始まった。それはあの人の小さなアパートで、いつもかかっていたラフマニノフのピアノ協奏曲第三番だった。この曲はとても難解でプロでもなかなかピアノとオケの息が合わないのだと言っていた。速弾きのピアノに合わせて娘達はテーブルの周りを走りはじめる。私はコンロの火力を強め、あの人のやっていたように口を閉じたまま誰にも聴こえない声で旋律をハミングした。

指輪物語

それは、大きな緑色の石が載った、おもちゃみたいな指輪だった。

「恵も何か欲しいものはないか？」と叔父から電話がかかってきたのは、五年前のことだった。

祖母の家が取り壊されることになり、家財道具を整理していたのだろう。恵は、勤めている幼稚園の入学式で配るお便りを作り終えると、祖母の家まで車を走らせた。特に欲しいものはないが、もう一度あの家を見ておきたいと思ったからだ。

慣れ親しんだ山道を登り辿り着いた場所は、祖父が大事に育てていた庭園の木々も伐採され既に知らない人の家のようだった。それでも、玄関を開けて「こんにちは」と言うと祖母の返事が返ってきそうだった。物が散乱した部屋の中を注意深く歩く。お正月に叔父や従兄弟たちと遊んだ花札やトランプが床に散らばっている。おじいちゃんが継ぎ足し入れていた黒飴の瓶も中身が入ったまま足元に転がっていた。子どもの頃、憧れだったこの家の全ての魔法が解けてしまっていた。母さんは、見るのが辛いからと来なかったらしい。

恵には、大きな桐の箪笥も着物も必要なかった。家の中を一周したあと、祖母の日用品を入れていた黄色に花柄の小さな整理箪笥がほしいと言った。

「こんな安物の箪笥でいいのか？」と言いながら、叔父の顔はほっとしていた。きっと既に着物やテーブルは引き取り手が決まっていたのだろう。立て付けの悪い引き出しを開けると、おばあちゃんの家の懐かしい匂いがして、思わず涙が出そうだった。一番上の引き出しからは見慣れたカラフルな包装紙が出てきた。しかも山のように。

「おばあちゃんってデパートの包み紙ためてたよね。ちらし寿司なんか作って持たせてくれるときに、ここから出してパックを綺麗に包んでくれたんだよ」

食器を分類しながら叔父は興味なさそうに返事をした。箪笥は自分の乗用車に積んで帰れる大きさだったので、恵は足早に立ち去り、そのまま一人暮らしを始めたばかりのアパートに持ち帰った。


「それで？　それでこの指輪はどうしたってのよ?!」

妹の真由華《まゆか》がマシンガンみたいに問い詰めてくる。

「だから、引き出しの一番上に入ってたの」

「桐の着物箪笥じゃなくて？　デパートの包み紙が入ってたこのおんぼろの引き出し

に？」

「うん。あの日、包装紙も入れたまま持って帰ってきて……」

「それで五年間、指輪に気づかなかったの？　うそだー、お姉ちゃん指輪があるの知ってて、この箪笥を持って帰ったね??」

にやにやしながら真由華がけしかける。

「違うよ。本当に昨日気づいたんだよ」

「にしてもでっかい石。絶対高いよね、これ」

真由華が右手の中指に、その緑の大きな石がついた指輪を入れてみるとぶかぶかで、親指に入れてもまだ緩かった。

戦中に高校時代を送った祖母は、戦地に行って男手のない農家へ、勤労奉仕として手伝いに行っていたのだと聞いたことがある。勉強ひとつさせてもらえず、朝から晩まで外で働いたから顔はシミだらけに、指はじいちゃんより太くなったのよ、なんて嘆いてたっけ。

「お姉ちゃん！　これさ、翡翠だよ。この大きさだと八十万くらいだって！」

スマホをいじりながら真由華が叫んだ。

「へー。すごいんだね」

紅茶を入れながら差し出されたスマホの画面を見る。確かにこの指輪と同じ深い緑色をしていた。アーモンドほどの大きさの石は、ぱっと見おもちゃの飴みたいに見えたが、本物だとしたら逆に安いくらいだと思った。

「ねえ、確か私が高校生のときさ、おばあちゃん指輪がないないって捜してなかった？」

「そんなことあった？」

「絶対そうだよ。この緑色の指輪、結婚指輪の代わりだって、ときどきしてたじゃん」

こういうことだけ真由華はよく憶えているのだ。母さんの誕生日とか待ち合わせの時間なんていつも忘れているのに。言われてみれば、祖母は確かにそんな事を言っていた。結婚のときに大した指輪を買ってあげられなかったから、じいちゃんが後でくれたのだと、嬉しそうに何度も話していた気がする。それを何だって包装紙と一緒にしまい込んでしまったのだろう。

「おばあちゃんさ、ずぼらなとこあったじゃん？　冷蔵庫の中もぐちゃぐちゃだったしさ、お年玉も開けてみたら空っぽだったり」

確かに、帰ってポチ袋を開けてみたら空っぽの年があって、真由華が電話したのを思い出した。

「なるほど。普通なら考えられないけど、この指輪を何かの拍子にここに入れたまま忘れちゃったってわけね」

ノートも消しゴムも鉛筆も、祖父母の家はいつも引き出しいっぱいに買い置きがあって、行く度に新しいのをもらうのに、またいつの間にか増えていた。今思えば病的なまでのストック量だった。「おばあちゃんの若い頃は買いたくても物がなかったからね、今は好きなだけ買いたいの。物に囲まれていたいのよ」と無邪気に言う祖母の言葉は、誰にも責められない切なさがあった。

高価なものなら叔父さんに返した方がいいんじゃないかと言ったが、案の定、真由華は黙っていればわからないよと言うので、また引き出しの中にしまった。

深夜にインターホンが鳴った。入ってくるなり、俊介が「疲れたー」とソファーに崩れ落ちる。ワイシャツの襟元がくすんでいた。また徹夜続きだったのだろう。彼の仕事は順調だ。順調に忙しいのだから喜ばしいことだ。落ち着いたらねと言いながら、いつになったら「本当の意味で」一緒に暮らすことになるのだろう。知らぬ間に相手の荷物が増えていく部屋は、共に暮らすということからは離れていっているように見えた。

トマトスープを温めながら、お風呂の追い焚きスイッチを押す。そうこうしている間に、うつ伏せになったまま俊介の寝息が聞こえてきた。起こすのが可哀想だから、そっとブランケットをかけて、追い焚き停止のボタンを押す。このまま、ずるずると生活は続いていくのだろうか。

「どこかにもっといい男が落っこちているわよ」と真由華は言うけれど、恵にはソファで眠るこのひょろ長い男しか考えられないのだった。どうしてかと言われると言葉に詰まってしまうが、この黄色い整理ダンスを愛するように、たとえ古びても飽きずに愛していける自信があった。「恵ちゃんは欲がなさすぎるよ」と子どもの頃から母や友人に言われ続けてきた。違う。本当は自分は誰より強欲だ。殆どのことは何だっていいのに、手に入れたいものは絶対に手に入れないと気がすまなかった。

そっと俊介のメガネを外してやると、リビングの電気を消す。恵は引き出しの中から緑の指輪を取り出し、若かりし日の祖父母のことを考えた。一緒になるときには、六十年という歳月を共に歩くことになると想像さえしなかったのかもしれない。指輪は月明かりに照らされて、長い眠りから覚めたようにゆらゆらと輝いていた。

翌日、幼稚園から帰ると真由華に電話をかけた。

「あの指輪、まゆちゃんにあげるよ。でも売ったりしちゃダメだか……」

「お姉ちゃん！　私も今電話しようと思ってたところなの!!」

「なによ慌てて。どうしたの？」

「あのね、その指輪……偽物なんだって」

「ええ？」

「さっき気になって母さんに電話で聞いたのよ。そしたらね、あれ翡翠じゃなくて合成樹脂だってさ。残念でしたー。だからお姉ちゃん。おばあちゃんの形見だと思って大事にとっておきな。ね！」

そうして、真由華は母から聞いたという一連の指輪物語を話し終えると、くすくすと笑いだした。恵もなんだか可笑しくて声を上げて笑ってしまった。

そうこうしていると、今日は仕事が早く終わったのか、俊介がちゃんと合鍵で帰ってきた。笑っている恵を見て、つられて顔をくしゃくしゃにしている。こういうところが好きだったんだと思い出した。

電話を切ると、「楽しそうだね？」と聞いてくるので、ここまでの指輪物語を俊介にも話した。翡翠の指輪を買ったあと、じいちゃんは事業に失敗して、多額の借金を抱えてしまったらしい。家中の宝石や着物を質に入れ、親戚に借金をして、二人は何とか母さんたちを育てた。そして、おばあちゃんはこっそり、おじいちゃんが買ってくれたのと似たような緑色の樹脂の指輪を買ったのだ。おじいちゃんは、それを死ぬまで知ることはなかったそうだ。

「偽物だけど、本物だったたってことだね。その指輪、大切にしなきゃ」

と、俊介が言った。同じことを思える人がすぐ傍にいることが幸せなのだと思った。窓を開けると、隣のマンションから速弾きのピアノ演奏が聞こえてくる。それに合わせて姉妹がきゃっきゃと笑って走り回るのが見える。子供の頃、真由華と祖母の家へ泊まりに行って、あんな風に走り回った。あの懐かしい家はもうないけれど、その欠片は自分を構成する土台の要所要所にはまっていて、これからもずっと支えてくれる気がした。

「僕らも、恵のじいちゃんとばあちゃんみたいになれるといいなあ」

と俊介が言った。

「嫌よ。私、指輪を質に入れたくないもの」

照れ笑いをしながら、素直になれない自分が憎らしかった。

卒業式

「そのー、あれだよね。アマゾンっていうのはー、グーグルとかヤフーと同じようななにですよねえ」

と、山野茂吉《しげきち》は言った。

はい、もう無理無理ムリムリ。佳代は口元にうっすら笑みをたたえて頷いてみた。一体どうして母さんはこんなじいさんと再婚するというのか。ちゃんちゃんこから首をカメみたいに出して、人差し指でパソコンのキーをぽつぽつと打っている姿は、近年まれに見るヤバさだった。世の〝じいさん〟を否定しているわけではない。ネットなんかに惑わされず堂々と自分の道を歩いている人なら、むしろかっこいいと思うもの。

悪びれることなく、山野茂吉はまだ話を続けてくる。

「ガラケーだったんだけどね、この度、じゃん！　スマホデビューしまして。で、ネットでスマホカバーを買わないといけないって先生に言われたんだけど、いくらしても、ほら。パスワードが違いますって。楽天で買おうとしたら何故かアマゾンに飛んじゃうんだよねえ。で、楽天のと同じパスワード入れてるんだけど、ダメなんだ。僕、アマゾンは知らないからなあ。佳代ちゃんわかる？」

二人はパソコン教室で出会ったと聞いたが、一体何を学んできたんだろう。もしかしてワードとかエクセルとか一生使いそうにないものを学んでいるのか？　今すぐ、真っ先にAmazonの使い方を教えてもらうべきだ。佳代は制服のポケットにスマホをしまうと、革張りのソファーから立ち上がってパソコンを覗き込んだ。何度も間違ったパスワードを入力したのだろう、もはやブロックがかかってしまっている。

「でも、トップ画面に山野茂吉って名前出てますから、Amazonにアカウントは持ってますよね。前に何か買ったことあるんじゃないですか？」

佳代はなるべく口を開かないように喋った。この空気を吸うのが、生理的にムリな気がしたから。

「いやいや、何も買ったことないよー。楽天ではあるんだけどねえ」

そんなはずないし。アカウントを持ってるからAmazonのトップ画面にあんたの名前が出るんでしょうが、馬鹿。横で心配そうにパソコンを覗き込んでいる母さんも、もうきっと馬鹿になっているに違いない。だって二人同じ顔をしているもの。夫婦って顔が似てくるって聞いたことがある。

ネットが使えないなら抗《あらが》わず、鹿児島のおばあちゃん達みたいに正々堂々と電気屋で買えばいいじゃん。と、私が言うのを察知したのか「ネットでしかこのカバー売ってない機種なのよ。ね、ね」とすかさず母は助け舟を出した。どうせパソコン教室で騙されて怪しいメーカーの安いスマホを契約させられたんだろう。

それにしても、二十歳も年上の人と結婚するってどんな気持ちだろうか。だってもう少ししたら死ぬかも知れないよ、山野茂吉。またすぐに一人になるかも、とは考えなかったのだろうか。

自分の二十歳年上っていうと……ああそうだ、三十六歳だった化学の津久田を思い出した。背は低いけど白衣姿に眼鏡が格好良くて、しかも頭もキレキレで大学院時代にはいろんな賞も取ったと噂で聞いた。みんなでチョコ渡しに行ったりしてたなあ。懐かしい。あんなのが私の青春か――。だったら、母さんと山野茂吉も今が青春なのかもしんない。

津久田は去年の春、五組の女子と化学準備室で手作り弁当を食べているところを見つかって、まだ夏だってのに他の学校へ飛ばされた。弁当だけで謹慎になるわけはないから、本当はもっといろいろあったんだろう。あと二年も経てば許されることが、何で今だけは許されないんだろうって考えたことも懐かしい。もし本気で好き同士だったなら、進学よりも大事なことかもしれないのになって。そんなことより、津久田が選んだのが五組の、中の下くらいの女子だったことが意味不明だった。美人すぎるよりは、そんくらいが安心感あるんだよってみんなが言ってて、全然納得できなかった。――ああそうか、だから母さんも山野茂吉を選んだの？　好きってなに？　そのあとすぐに、その子も高校を中退したらしいから、もしかしたら今も二人は付き合ってたりするんだろうか。だったらエモいのにな。

木造家の古びた窓から、綺麗に掃除された中庭が見えた。角刈りみたく剪定された松の木はおじいさんの代からあるのだと、さっき茂吉が言っていた。その向かいには大きくも小さくもない桜の木があって、春風が唸る度、無残にも花びらが引きちぎられて空を舞った。たぶん風が吹かなければ、まだ二、三日は咲いていているはずだったのだろう。

制服のスカートのチェックを改めて見つめてみると、グレイとも紺とも水色とも言えるようで言えない、何だか曖昧な色で、こんな服を着て三年間を過ごしていたんだなと思ったら損した気分だ。何もかも、遠く淡い思い出の中で霞んでいく。俯いてひたすらにその正方形の数を数えてみた。このチェックの数が、ぴったり三年分の日数になったり、結局、告白できなかった墨田くんの誕生日と同じだったりすると素敵だと思った。出してくれた紅茶は、半分飲んだところで冷たくなって、ファンヒーターの直風が当たる顔だけが熱くて頭がぼーっとする。

卒業式の後に、なんだって、知らないじじいさんの家に来ているんだろう。母さんの仕事の休みと合う日がないって言っても、なにも今日でなくてもいいのに。一応ちょっとは楽しみにして来たんだけど、普通にじいさんだし。やっぱり断って、みんなとフレッシュネスバーガーに行けばよかったなあ。スカートのポケットでスマホが震えて、みんなの集合写真が送られてきた。「卒業おめでとう」とか書いちゃって、抱き合ったりしちゃって。こっちもすぐに、パソコンに熱中する二人の中高年の後ろ姿を撮って送ってやったら、次々に爆笑のスタンプが届いた。

「佳代ちゃんが大学行っちゃったら、お母さん寂しくなるねえ」

茂吉がパソコン用のあみあみの椅子をこちらに回し向けて喋りかける。高そうな椅子。デスクトップとか道具だけはしっかりしてるんだなあ。母をよろしくとでも言ってほしいのだろうか。聞こえなかったふりをして、スマホをスクロールする。

「経済学部だったよね、将来やりたいこととかあるの？」

「うーん、まだ特には決めてないんですけどねえ」

あったとしても初めて会う人に言うわけがない。

「そうだよね。ま、旅の始まりだもんなあ。やりたいこと何だってやってみりゃあいいよ」

山野茂吉の家は、やりたいことをやり続けた人生の集約みたいな家だった。富豪の家にありそうな、切り株で作ったごっついテーブルや、種子島伝来と書かれたガラスケースに入った火縄銃、虎の毛皮、超でかいこけしもあれば、超リアルななまはげのお面もあるし、チャッキーみたいなフランス人形や、スヌーピーの仲間もずらりと並んでいる。鮭をくわえた熊の置物はかわいいから欲しいなあ。何故か二つもあるから言ったらくれるかなあ。確か庭師をしていると母さんが言ってたな。どうりで、庭が修学旅行で行った金閣寺みたいに美しいはずだ。母さん、片付けとか全然できないけど本当に大丈夫なのかなあ。

　二人はまた、あれこれとパソコンでスマホケースを探し始めた。

〈佳代、卒業おめでとう!!大学も楽しんでな〉

　父さんからＬＩＮＥだ。絵文字がいっぱいで可愛い。

〈お祝いに、佳代の好きなコジコジの抱き枕と家具一式送るからアパートの住所決まったら教えてけろ〉

〈ありがとう！嬉しすぎる！〉なんて返しながら、山野茂吉と一緒にいることが後ろめたかった。母さんの再婚のことは知ってるんだろうか。寂しいと思っただろうか。それとも、もはやどうでもよかったりするのかな。案外父さんにも彼女がいて、私のために父親を演じてくれているのかもしれない。私は心のどっかで、いつか前みたいに戻れる気がしていた。一番バカだったのは私か。二人の丸い後ろ姿を見て、やっと目が覚めた。

　帰りがけに、山野茂吉が一人暮らしの必需品だよ、と言って大きなピンク色の包みを渡してきた。茂吉も一人が長かったから、随分料理の腕を上げたんだと笑った。大したものじゃないから、帰って開けてみてと言う。この形と、重さからいくと鍋や調理器具のセットだなあ。母一人子一人で育ったんだ、あんたに負けないくらい私も鍋やフライパンを操ってきたと言いたかったけど、面倒くさいから礼を言って帰ることにした。

桜が残りの花を落とすまいと踏ん張っている。陶器のカエルが座る玄関から、いろんな形の飛び石を歩いて門まで来ると、振り返って山野茂吉に小さく手をふる母さんは妹みたいだ。茂吉の白髪が門灯に照らされて、Amazonの新しいアカウントを作ってあげればよかったかなと少しだけ罪悪感が残った。

紫がかった月が夕暮れ空の隅っこにぼんやりと座っている。

電車を降りると、通りの桜並木の下ではまだまだ宴会が続いているようだ。大学生になったら、こんなところで自分も飲んでいたりするのかもしれない。寒そうに見えるけど、やっぱりお酒を飲むって楽しいのだろうか。

線路沿いのカフェKITUTUKI《キツツキ》を通りかかると常連客が外に出て語り合っている。自分の道を生きる自由な大人が集っているって感じのカフェだ。学校帰りに通る度、いつかスタバじゃなく、ここに入ってみようと思ったのに、三年間が過ぎてしまった。

佳代の抱えたピンク色の包み紙を見て客たちが「卒業式かなあ」とか「そんな季節だよねえ」なんて話している。すぐ傍をライトをつけた満員電車が大げさに音を立ててすり抜ける。いろんな人が通り過ぎていく。こんなに近くにいても殆どの人とは出会わないで人生を終えていくんだなあ。そういうことを、ここにいる人達も、母さんも、父さんも、山野茂吉も考えながら大人になったのだろうか。

「山野さんのことあんまり好きじゃなかった？　なんか、ごめんね」

母さんは、いつも先に謝ってくるからずるいな。父さんと別れたときだってそうだ。こっちが怒る前に謝るから、責められないじゃん。

「ううん、いい人だって思うよ」

「良かった。うん、いい人なんだ」

誰だって、大体はいい人だ。悪い人になんて今まで出会ったことないもの。父さんだって悪い人じゃないし、津久田だって、五組のあの子だって、きっと悪い人じゃない。知らんけど。大人になるまでに全員がそういうのをどこで学ぶのだろうか。ググっても出てこないことばっかだと本当はみんな知っている。

信号待ちをしているとポケットの中でスマホが震えた。カラオケに移動したらしい。いつの間にか人数が増えて、男子もちらほら来ているみたいだ。その中に墨田くんの端正な横顔もあって胸がギュッと潰れてしまいそう。

みんなで尾崎豊の「卒業」を歌っている動画も送られてきていた。去年の学祭前、誰かがYouTubeで尾崎のライブ映像を発見して以来、みんなでドハマリしたのだ。とても同い年には思えない、尾崎の飢えた瞳と絞り出すような声が眩しかった。こんなに強く主張したいことが、果たして自分にはあるだろうか。先生とも親ともそれなりに仲良くやれてきたし、世の中に対して特に不満もない。尾崎の気持ちがわかるようでわからなかった。スマホができる前と後じゃ戦前と戦後くらい違うんだって先生が言ってたけど、その喩えもわかるようでわからない。今、分かっているのは、今日で高校生が終わるってことだけだ。

横から覗いて「あら尾崎。懐かしい」と母さんが言う。私だって懐かしいよ。何もかも懐かしいことだらけだよ。だけどほんの少し清々しい。寂しいのに、卒業することが清々しかった。信号が青になって二人は歩き出した。街頭に照らされた二つの影が重なったり離れたりしている。

「母さん、幸せになってよね」

「ありがとう。お互いに新生活楽しもうね」

山野茂吉からもらった台所用品が足並みに合わせて飛び跳ね、腹が立つくらい軽快なマーチを奏でていた。

5000ドンと5000円

飛行機のタラップを降りるごとに、まるで真夏の海に潜っていくような湿気が押し寄せてきた。さくらは、母のリュックを押して到着ロビーに向かうバスに載せた。妹の星子《せいこ》のバックパックについた鈴の音がシャランシャランと後ろで聞こえる。

「つり革ちゃんと持って。けっこう急カーブがくるから」

隣のおじさんの前のつり革を拝借して母の明美につかませると、バスは飛行機の間をすり抜けるように走り出した。

「スターウォーズみたいだね」

そう言ってバスの揺れに合わせて振り子時計みたいに揺れながら、母は飛行場を目に収めている。

ハノイには数年前に星子と訪れたが、ホーチミンは初めてだった。三人ともリュックサック一つなので極力荷物を減らしたかったけれど、三月の日本から流石にTシャツ一丁で来ることはできず、機内のトイレで脱いだヒートテックが鞄の中で息を潜めていた。

「お母さん、入国審査でパスポートまた見せるからね」

「え？　まだ見せるの？」

母の明美は還暦を過ぎて初の海外旅行、自作の腹巻きに入れたパスポートを確かめている。こりゃあ子どもと一緒の旅に近いぞとさくらは覚悟を決めた。


入国審査をクリアして気が楽になったのか明美はやっと長袖を脱いで、花柄のシャツ一枚になった。肩掛けカバンから巾着を取り出すと「飴いる？」とのど飴を渡すのが、彼女の唯一の役目だ。星子は自分の背丈ほどあるバックパックを背負ったまま地図を眺めている。

「ねえ、さっちゃん、少し両替しとこう。今日のホテル多分カード使えないよ」

空港のエントランスには、ずらりと両替屋が並び、おいでおいでと計算機を持って手招きする。1円＝206VND《ベトナムドン》。こちらは207VND。お、208のところもある。ここが一番レートが良いようだ。

「ちょっとちょっと、さっちゃん、あそこ210だって」

星子がバックパックの鈴をシャラシャラ鳴らしながら端っこの銀行から走ってきた。

「えー、210？　相場よりかなりいいじゃん。よし、そこで替えよう。私は5000円分でいいかな」

「じゃあ、私は……2万円にしとこうかな」

星子は予めみんなから集めたホテル代の管理人なのだ。

「じゃあ、私も1万円！」

明美も鞄の隠しポケットから諭吉を取り出し、星子に渡す。星子は三人まとめて3万5000円を真っ赤な口紅を塗ったおばさんに手渡した。いつもなら空港ではせいぜい1万円の両替しかしないが、母を連れている分いざという時現金があった方が困らないだろうと星子が判断したのだろう。おばさんは計算機をトントンと叩き、べろんと指を舐めると、札束をワーン、ツー、スリーと並べていく。

1万円分を細かい紙幣に両替してほしいと頼む。露店ではカードが使えないし、大きなお札を出すとお釣りがなかったりするからだ。おばさんは、不機嫌そうにカウンターの奥の引き出しを開けると、しわくちゃになった紙幣の束を取り出し、また指を舐めて数えだした。5000ドン札で約25円ということは……とんでもない厚みになってきた。おばさんは三人分に分けると、辞書のような札束を各々に渡した。その場で確かめていると後ろに大行列ができてしまったので、まあいいかと立ち去ろうとすると星子が、「レセプトプリーズ」とレシートをもらっている。こういうとき妹の用心深さには感心する。

正面ゲートを出ると、いよいよベトナムの熱気が三人を迎える。ついでにタクシーやホステルの客引きの群れがプラカードを持って待ち構えている。

「うわあ、これこれ、面倒くさいけどベトナムに来たって感じだよね」

タクシーの運転手を振り切って、次にやってくる黄色い観光客用バスの車掌さんを振り切って、空港のはじっこに停められた古い緑のバスに乗り込む。「５０００ＶＮＤ」と窓に書かれていて、見渡したところ地元の人しか乗っていないようだ。

「ほら、あっちの黄色いバスの方が綺麗だよ？」

と明美が後ろのバスを指さして言う。

「あれはね、２万ドン。観光客用のやつね」

「２万円!?　高いねえ」

「いやいや、ドンだから。日本円だと１００円くらいだよ。こっちのは25円」

「25円!?　途中で降ろされるんじゃない？」

このボケと突っ込みがあと一週間続くのかと思うと、気が重かった。バスは乗客を満員にしたところで、半ドアのまま走り出した。パッパッパー、パパー。乱暴にクラクションを鳴らして高層ビルや寺院の前を走り抜ける。天井から灰色の扇風機が回り、ぼわんと、ときどき生ぬるい風が髪を揺らす。

「へー、ベトナムって都会だね」

窓の外を眺める明美は少女のようだ。

パッパッパー。パッパー。方向指示器をつけたら、継続的にクラクションが鳴るシステムらしい。これはベトナム流の挨拶なのだ。車掌さんが、ドアから半身を出して、横をすれ違うバイクの群れに常に何かを叫んでいる。信号が殆どない代わりに、こうして互いに交通整理をするから事故になりそうでならなかった。

途中、どういうわけかバスはコーヒースタンドに停まって、車掌さんが出ていった。カウンターの女の子とじゃれあったかと思うと、アイスコーヒーを二つ持って帰ってきて一つを運転手に渡した。日本ではありえない光景だけれど、こういうのんびり具合がベトナムを好きな理由かもしれないと、さくらは思った。

「ねえ、さっちゃん、ベンタインバスターミナルってまだかなあ。もう結構走ってるよねえ」

星子がキョロキョロし始めた。

「まあバスの運転手さんに言ってるし、教えてくれるんじゃない？」

ガイド本の地図に星子が目を凝らしていると、後ろの花柄のマスクをした女性が「どこで降りるの？」と声をかけてくれた。地図を見ながら何やら星子と話をしている。女性は英語がわからないらしく、こちらもコムンくらいしかベトナム語はわからないのだが、不思議と意思の疎通がとれるのが旅だった。旅先でお腹を壊すことはあっても、騙されたり、人に泣かされたことは一度もなかった。言語がマッチしなくとも会話できることをこれまでの旅で二人は何度となく経験してきた。

バスターミナルらしきところで乗客も車掌さんも「ここだぞ」と叫んだ。コムン、コムン、ありがとう、と三人はお辞儀してバスを降りる。一歩でも動いたらバイクと車に轢き殺されそうな道路の中洲で、ひとしきり狼狽《うろた》えて、さくらは母の手を引っ張りながら星子の鈴の音へついていく。

一間ほどの間口から薄暗い階段を登って四階まで行ったところが、今日の宿だった。

「ちょっと星子、お母さんもいるのに、なんでちゃんとしたホテルにしなかったの？」

さくらが小声でケチをつける。エレベーターなし、トイレとシャワーが一緒のバックパッカー宿だった。おまけに、壁や天井にペンキでベトナムの田園風景が描かれている何とも不思議な部屋だ。

「はあ？　だってベッドが三つある部屋なんてほぼなかったし。ダブルベッドは嫌だもん。いいじゃん、いつも通りの旅で」

明美はベッドに寝そべりながら、

「お母さん、この部屋気に入ったよ。だって壁にも天井にもこんなかわいい絵が描いてあって、ホテルの人も優しいし。それに目をつむったらどこだって同じよ」

と修学旅行生のようにはしゃいでいる。

二時間ほど時差があるから、今は丁度夕方の五時くらいか。一番バイクがひどい時間帯だが、お腹が減った三人は外へフォーでも食べに行こうと荷物の整理をする。さくらが財布から両替した札束をベッドの上に何の気なしに並べた。お札を一、二、三、四と数える。あれ？　足りない。おかしいなと、もう一度数えるがやっぱり足りない。

「ねえ、星子の方に余分に入ってる？　あんたのも数えてみて」

「いち、にい、さん、し……あれ、足りないかも。お母さんの貸して」

「いち、にい、さん、し……やっぱ、これも足りない」

スーッと足元から寒くなる。

「なになに、あんたたち番町皿屋敷みたいに。一枚たりないーって？」

「いや、一枚どころか、相当足りないよ」

「でも空港でおばさんが数えたときはあったよね？」

「細かくしてもらうときに抜かれたとか？　両替屋ならまだしも銀行員がそんなことしたらやばくない？」

「日本だったらありえないね」

７００万ドン以上なければいけないところが、６００万ドンしかない。日本円で約５０００円足りないことになる。

「悔しい。悔しすぎる、今からもう一回空港に行ってくる」

星子の顔つきが変わった。小さい頃から星子は負けず嫌いで、理不尽なことが許せない性格だった。眉間にシワを寄せ、口を尖らせている妹の顔に、さくらは胸がざわついてきた。昔から一回ひねくれると星子は長い。

「もう銀行閉まってるって。５０００円くらい私が出すよ」

「そういう問題じゃない。なんか負けた気がする。あのおばさんは笑って、今頃おいしい物食べてるよ。バスが25円なんだから、５０００円ってどんな大金よ」

「まあ、みんなこうやってポケットマネー稼いでんじゃない？」

母が一緒でなければ、さくらも空港に行って詰め寄るだろう。でも、初めて海外にやってきた母の思い出をこんなつまらない事で曇らせたくないじゃないか。

「そうそう、５０００円はお母さん払うから星ちゃん元気だして。美味しいもの食べに行こう」

星子を落ちつかせ、近所の銀行で相談に乗ってもらったりしているうちに、結局外へ出る頃には、夕方六時半を過ぎ、食堂はどこも閉まってしまった。本当においしいのは一杯200円くらいの、おばちゃんがやっている小さな食堂のフォーやチャーやお粥だ。探してはみたが、開いているのは煌々と明かりのついた観光客の集まるレストランだけだ。仕方なく不味くも美味くもないフォーを食べて三人はホテルに戻った。

何か歯車が狂い始めていた。やっぱりこんなんじゃ楽しくない。お金が返ってこないとしても、星子の言う通りやりきるべきなんだ。

深夜、明美が寝たのを見計らって、二人は計画を練った。星子のカバンの中から再度レシートを取り出し検証する。３５０００円両替したから〈３５０００円×２１０＝７３５万ドン〉になるはずだ。やはり１００万ドン少々が足りないことになる。「7,326,000」と書かれたレシートの細かい数字が合わないのはいいにしても、これではレシートを持っていったところでバス代しか取り返せない。ベッドの上で知恵を振り絞る。

待てよ、さっきから気になっていたが、数字頭の癖のある手書き文字がどうも「７」にしては書き順がおかしいのだ。ベトナム流だろうか。ふと、フロントで書いてもらったＷｉ－Ｆｉの暗証番号を見ると、７には数字の真ん中に斜めに一本の線が入っていることに気づく。近くの銀行で書いてもらったレートも７には真ん中に斜めの棒が引かれてある。

この７には線が入っていなかった。ということは、７だとばかり思いこんでいたが、空港のレシートに書かれている頭文字は「６」ではないのか。穴が小さくて、最初は７にしか見えなかったが、６だと思って眺めると完璧なる６だった。星子にレシートを要求されたおばさんは焦って、実際に渡した金額を書いてしまったのだろう。「６３２６０００」だとしたら……こちらの勝ちだ。

「おばさん痛恨のミスしたね。ここに７３５万ドンって書けば完全犯罪だったのに。ほら、しかも自分のサインもしてるし」

「今まで、空港に戻ってくる観光客なんていなかったんだろうね。私らをなめんなよ」

星子がレシートを睨んで静かに狼煙を上げた。普段、大人しい子ほど怒らせたらまずいことをさくらはよく知っている。スマホでレシートに書かれた銀行の名前を調べると、どうやらかなり大きい銀行らしく日本語対応の電話番号もある。よし全ては明日決行だ。


翌朝、宿のオーナーに何が起こったかを伝えるのに苦戦したが、ポケットにお金をねじ込むジェスチャーをすると、「なるほどねー」と掃除のおばさんと顔を見合わせた。頼んで銀行に電話してもらうと、日本語の喋れる人が対応してくれたが、驚いたことに空港にうちの銀行は入ってない、私達は関係ないと言い張る。そして、そのお金を取り戻したければ空港へ行くべきだと。よし、じゃあ5000ドンのバスでまた空港へ行ってやろうじゃねえかと、二人は支度をし、母に事情を説明する。

「なんか面白そうなことになってきたね」

と母は笑った。そうだ私達はこの人から生まれてきたんだ。さくらは腹が決まった。

「じゃあ、戻ってくるまで部屋でヨガでもしててね」

二人はまたベンタインバスターミナルへ走り、昨日来た道を緑のバスに乗って空港へ向かう。空は快晴、プップップップー、ファンファンファーンと聞き慣れたクラクションをBGMにして。

空港に到着し、昨日出たゲートへ行くが当然ながら外から中には入れない。ベージュ色の制服と帽子をかぶった三人の警官が、のんべんだらりと朝を楽しんでいる。昨日のことを説明すると「へー、よくわからないけど入っていいよー」と簡単にゲートを通してくれた。重しになるかなと思い「できればあなたもついてきてほしい」とお願いすると、「なんか面白そうじゃん」と若い一人がついてきてくれることになった。

昨日の銀行に、あのおばさんはいなかった。いや、むしろいなくてさくらはほっとしていた。客引きする若い男性に、事情を説明しレシートを見せると数秒緊迫した空気が流れ、しばらくして黄色のアオザイを着た綺麗な上司を連れてきた。やはり「7」ではなく「6」だったのだ。レシートのサインを見て、苛立った表情でおばさんに電話し始めたが、でない。

「一体、どういう計算したらこの金額になるっていうのよ？　しかもレートが210なんてありえないわよ。ほら、うちのレート206よ」

と、いつもはわざと見えないようにしているレート表を二人に見せた。星子が負けじと
「昨日、おばさんは私に210って言ったんだよ」と計算機を取って説明している。

「それで、あなたたち今日どこのホテルにいるの？　返金してもいいけど、嘘ついてないか今夜電話で確かめるけどいい？」

なんと強気な。さらに強気の星子は望むところだと、ホテルの名刺を出し連絡先を教えた。アオザイの女性はもう一人の従業員としばし話し合っていたが、携帯でレシートの写真を取ると、引き出しの中から札束を取り出し差額分の100万ドン余りをカウンターに並べた。星子は、今度は入念に数えてポーチにしまった。アオザイの女性は帰り際、何故か小声で「コムン」と言った。

「取り返したよ！」

意気揚々と部屋のドアを開ける。

「うわー、あんたたちやるねえ。もし二人が帰ってこなかったら、日本大使館に電話してもらおうと思ってたのよ」

明美はベッドでストレッチをしていた。テレビからベトナム語のドラマが流れている。

「ねえ、でも、あのおばさんクビになるんじゃないかな。家がすごく貧しいとかだったらどうする？　可哀想だったかな」

とさくらが言うと、

「いやいや、これくらいじゃクビにならないでしょう」

と明美は腕を伸ばしながら言った。

「え、これくらい？」

「意外とみんなやってんじゃない？　日本だって昔はあったでしょうよ。そんなものよ、そんなもの。さあ、昨日閉まってた食堂にいこう。取り返したお金でいっぱい食べるぞー」

そう言うと、少女のようにベッドから飛び降りた。

スミレ

アスファルトの僅かな切れ目から、折りたたんだ蝶々の羽のように花弁が顔を覗かせているのを、節子は見逃さなかった。若い頃はノッポの節ちゃんとか、電信柱なんて呼ばれるのが嫌でつい猫背になってしまったが、今じゃ本当に腰が曲がり下ばかり見て歩いている。お陰で、小さな草花にも気づくようになったのだから悪いことばかりではない。

「まあ、ここにも。スミレかしら」

杖を支えにしてしゃがむと、節子は足の小指の爪ほどの紫の花弁を愛おしそうに見つめた。玄関の扉が開き、住人の女性が「おはようございます」と上ずった声で挨拶をした。女性はゴミ収集場に袋を置くと、「あのう、何されているんですか?」と不安げに尋ねた。それもそのはず、通りに面したこの場所はこの女性の庭なのだから。

「あなた、これ見て。お花が咲こうとしているの」

節子は地面に顔を擦り寄せたまま、かすれた声で返事した。

「ほんとだ、こんなところから。強いですね植物って」

女性も屈んで、アスファルトの隙間に目を凝らした。

「家にも二本咲いていたんだけどね、これもスミレだと思うの。それも日本のスミレ。子どもの頃、見たっきりかもしれないわ」

女性は深く頷きながら、

「確かにスミレって、名前は親しみあるけど、実際見たのは私も初めてです。植物にお詳しいんですね。お庭も綺麗になさってますものねえ」

と節子を褒めた。引っ越しの挨拶で亀屋のどら焼きを持ってきてくれたのは、この人だっただろうか。それとも黒船のカステラの人だったか。住宅密集地に五十年も前から住むので、色んな人が入っては出ていって、夫が亡くなったあたりから同世代の人も少なくなり、近隣との交流がなくなっていた。若い人たちと共通の話題がないのもあるが、ただなんとなく、立ち話をする習慣が時代にそぐわなくなったのだと心得ている。

女性は、草抜きをしばらくさぼっていたからスミレが見られて良かったと笑った。家の中から「おかあさーん。ごはんごはん」という声がしたことに、節子は気づかず、会話を続ける。

「少しくらい雑草を残しておくのもお庭にゆとりがあっていいのよ。私も、昔は植物をあれこれ育てていたけれど、この時期は落ち葉がひどくて。あれを掃き集めるだけで骨が折れますよ」

「おかーさーん。もう！　遅れちゃうよー」と、声がさらに大きくなったがやっぱり節子の耳には届かなかった。

「おばあちゃん、ごめんなさいね。私、息子の朝ごはんが」

そう言うと、女性は家に駆け込んだ。

「そうか、学校よね。お引き止めしてごめんなさい」

節子はドアに向かってお辞儀し、杖を伝って立ち上がるとそろりそろりと歩いた。どこかの飼い猫が鈴をならしながら通り過ぎていく。お天道様を仰ぎたいけれど、こないだみたいに転んだら大変だと諦めて、朝の散歩を終え、また静かに家の扉を閉めた。


夫がこしらえてくれた椅子に腰掛けて炊事をするのも板についた。今日の味噌汁は、白菜と南瓜に油揚げと刻んだ生姜を入れた冬の定番だ。結婚してかれこれ六十年、朝は味噌汁と納豆そして卵焼きにご飯と決まっている。

戦前の物のない時代に生まれた。あの頃は玄米や麦でさえ貴重だったから今は真っ白い米をたらふく食べることにしている。玄米が若い人の間で流行っていると聞いて、選べるというのはなんと素晴らしいことだろうと思った。

節子はガスを弱火にして四角い鉄フライパンの上で卵を素早く巻いた。卵は朝にまとめて二つ焼いて半分は夜に食べる。醤油に少し砂糖も混ぜて甘じょっぱく仕上げるのが好みだ。チーズやほうれん草や海苔を入れて焼くのもいい。

節子には子ども三人をこの朝食で育て上げた自負があった。ひもじいのがどんなに辛いのか知っているので、朝ごはんをお腹いっぱい食べさせて、学校へ送り出すことだけは怠らなかった。この頃は、食パン一枚で学校に行かせる親が増えているとテレビで見たけれど、それでは昼まで子どもの集中力がもつわけがない。

夫の仏前にも卵焼きを供えると、線香の代わりに湯気が立ち上った。一人暮らしは退屈だが寂しくはない。古びたこの家に暮らしていると机の傷一つで家族の気配を感じることができた。どんどんと記憶が薄れていくのに、不思議と昔のことほど色濃くなった。例えば、初めて卵焼きを食べた夫が「君の手料理が一生食べられるなんて僕は幸せもんだ」と言った朝を、昨日のことのように思い出し胸が熱くなった。

「今日の味噌汁はとびきり美味しいねえ」

返事がないことにも慣れてきた。孤独死なんて失礼千万、決して孤独なんかではない。一人で食べるご飯は味気ないと言うが、それも間違っている。美味しいものは美味しい。美味しくないのは、一人だからと手を抜くからに違いない。

冬の木漏れ日を背中に感じながら、手に馴染んだ栗の木の箸を口に運ぶ。思えば、あの頃の南瓜はこんなに甘くはなかった。野菜も人間も、いつからこういう甘くて臭みのない物に変わったのだろう。

「ペケポン」とチャイムが鳴ったのは、新聞を読み終え手すりを伝って廊下を歩いていたときのことだった。どうせヤクルトさんだろう。新商品はどうだこうだと勧めてくれるに違いない。木造家で毎日二本も飲むのは、お腹が冷えるし、糖分の多い赤い蓋の方は血糖値が気になるから、今日こそ断ろうと意を決して玄関へ向かう。

「はいはーい、お待ち下さい」

ギギギと立て付けの悪いドアを開けると、屈んだ腰を伸ばさずとも目が合った。そこに立っていたのは見慣れたヤクルトさんではなく、黄色い毛糸の帽子をかぶった女の子だった。節子はしばらく、はて、と子どもの顔を見て、孫の年齢を順に思い出したが、どう考えてもこんなに小さな子はいなかった。赤いランドセルを背負って髪の毛をお下げにした女の子は、黙って突っ立っている。

「お嬢ちゃん、どこの子？　朝のスミレの家《うち》の子？」

小学一年生くらいだろうか、もじもじとして何も言わない。

「まあまあ、オーバーも着ないで寒かろうに。ちょっとこたつにあたるかい？」

女の子は、白いブラウスとカーディガンにスカートという出で立ちで、その下から、ひょろひょろと素足が覗いている。いくら子どもは風の子といっても、師走にこれはこっちが身震いしそうだ。節子は、女の子を居間のこたつに案内すると、石油ストーブに火を灯した。唇の色が紫色なのを見るに朝ごはんを食べていないのだろう。全く、どこの親だろう。朝起きたらまず温かいものを食べさせなければ、子どもは血糖値が上がらない。三人も育ててきたから、顔を見れば大体のことがわかった。

「朝ごはん食べるかい？」

お盆に今日の残りの朝食とヤクルトを載せて持ってくると、女の子は一目散に食べた。それにしてもどこの子だろうなあ。警察に届けるのも薄情な気がして、しばらくはゆっくりすればいいさとテレビをつけて何も聞かずに過ごした。そのうち、お腹がいっぱいになって眠たくなったのか、女の子はこたつの中ですやすやと眠ってしまった。虐待なんかを受けているんじゃないかと思ったが、眠っているところを見るに外傷はなさそうだ。親と喧嘩でもして家を飛び出したのだろうか。それとも学校で嫌なことがあってズル休みだろうか。まあ、昔はどこの誰だろうと、家に来た子は一緒にご飯を食べさせていたんだから、そっとしてあげよう。

十時をまわって、襖だけで区切られた居間から、顔を出して女の子はつぶらな瞳でこちらを、きょろきょろと見ている。

「まあまあ、よく寝ていたね。学校始まってしまったよ。今からいくかい？」

と意地悪く尋ねると、嫌そうにうなだれた。

「ほっほっほ。それじゃ、いいもの食べるかい？　ちょうどホットケーキを焼いていたんだよ」

女の子は台所の方へ走ってきて、フライパンの中でぷつぷつと気泡を出して焼ける満月型の生地を見つめる。

「これ食べたら、お名前くらいは教えてくれるかねえ」

女の子の顔ほどある、きつね色のホットケーキを皿に入れると、バターとはちみつをたっぷりとかけて渡した。ナイフとフォークを出してやると、こたつに入って器用にそれを使いながら頰張った。温かいミルクを飲み干し、一息つくと、

「おばあちゃん、ごちそうさま」

と初めて喋った。

「おいしかったかい？　そりゃあよかった」

「おばあちゃんの家のお花、綺麗に咲いてたね。あれはスミレだね」

「へー。お嬢ちゃんよく知ってるんだねえ」

「私、植物図鑑持ってるの」

そう言うと、ランドセルの中からやたら古びた植物図鑑を取り出し、パラパラとページをめくった。節子は、首から下げたチェーンを手繰り寄せてメガネをかけると一緒に図鑑を見た。初めにスミレの写真が大きく載り、次のページには別の種類のも並んでいる。

「エイザンスミレに、ノジスミレ、タチツボスミレ。そうそう、たくさん種類があるのよねえ。家に咲いているのは……ふーむ、やっぱり最初のこれかな？　ス、ミ、レ。ただの

スミレだね。ふふふ」

〈雑草にまぎれて咲く〉と添えられた紫の背の低い花の横には「スミレ［菫］」とだけ書かれていた。女の子は図鑑をしまうと、皿とマグカップを台所に運びながら、

「ごちそうになったから、私お手伝いする」

と言った。

「大丈夫よ。テレビでも見て、今日はゆっくりしていきなさい」

「じゃあ落ち葉を掃いてあげる。私得意なのよ」

白い靴下で廊下を滑るように走ると、まるで風のように外に出て行った。節子もやっとのことで外に出ると、女の子は竹箒と熊手を使って庭の落ち葉をかき集めていた。

「まあ、手際が良いこと。学校でちゃんとこういう事も教えているのね」

「おばあちゃん、スミレがこんなに綺麗だよ。寒いのにちゃんと咲いて偉いねえ」

節子は声のする方を見て驚いた。小さな中庭に、スミレが絨毯のように敷き詰められているではないか。昨日まではなかったのに、一体自分は夢でも見ているのだろうかと思った。

「ありがとう、お陰で綺麗になったよ。しもやけになってしまうから中へ入ろう」

温めてやろうと手を握って、はっとした——。

どこかで握ったことのある手だった。小さくて柔らかくて、それなのに指が大人みたい

に長くて綺麗で。この手はまさか。

「唄子……」

咄嗟にその名前を呼んでいた。抱き寄せた女の子のうなじから太陽の匂いがした。


節子が小学三年生のとき戦争が終わり、空襲で家を失い、父は遺骨になって戻ってきた。悲しむ暇もないままに、母は朝から深夜まで働きつめた。節子は四つ年下の妹の手を引いて学校へ連れていった。そんな子も当時は珍しくはなかった。弁当は芋の弦や豆、先生に分けてもらった少しの南瓜だけで、教室で食べるのがみじめで、校庭に出て二人で分けて食べた。

ある冬の日、母さんが隣町の縫製工場の手伝いに行って、食料と毛糸の帽子をもらってきてくれた。赤いのをお姉ちゃんの節ちゃんに、黄色いのを妹の唄子ちゃんに、と。揃いの帽子が嬉しくて嬉しくて、外に行くときは毎日かぶった。近所のお姉さんがくれた植物図鑑を見ながら脇道に生える草花を調べた。ノビル、イヌフグリ、スミレやレンゲも、草の中には食べられるものや、薬になるもの、綺麗だけど毒のあるものもあって、図鑑で調べては、食べられるものを探し、母さんに褒めてもらうのが嬉しかった。

まだ寒い冬の終わり、唄子は風邪を引いて寝込んだ。図鑑で調べた薬草を採ってきて飲ませたが高熱と咳は三日三晩続いた。

「こんなに寒いのにスミレは偉いお花よ。唄ちゃんも頑張るんだよ」

枕元に野花を持っていっては励ましたが日に日に唄子は弱っていき、小学校へ上がるのを楽しみにしながら亡くなった。今思うと栄養失調もあったのだろう。悲しくて、悲しすぎて、節子は妹のことを思い出さないように記憶に蓋をして生きてきた。


小さな胸がトクトクと波打つのが節子の肩に伝わった。

「唄ちゃん、小学生になれたのね。良かったねえ唄ちゃん」

涙が季節外れの雪のようにこぼれた。

「泣かないで。これあげるよ。学校でスミレの押し花したの。すごいでしょ」

唄子は、誇らしげに折りたたんだ白い半紙を手渡し、にっこりと笑った。やがて、真っ白い光が差し込んで、次第に景色はゆらゆらとぼやけて、唄子の声が遠のいていく。

「唄子。ごめんね唄子……」


気がつくと布団の中だった。

なんだ夢か。節子はゆっくりと目を開いて天井を見つめた。子どもたちの遊ぶ声が通り過ぎる。そこに唄子の声も混ざっている。そうだ、私はまだ小学生で長い長い夢を見ていたんだ。ここはあの小さなバラックで、もうすぐ唄子が扉を開けて走ってくるだろう。お母さんと一緒に、お父さんも帰ってくるに違いない。節子はほっとして、もう一度目を閉じた。

私の彼方

右に5、左に7。あれ？　右に7、左に5だったかな。

引っ越して半年もたつのに、私は郵便受けを一回で開けられなかった。良い気分で帰ってきても、この箱を開けると、現実に引き戻されるから、そもそも率先して開けることがないのだ。よって私に郵便配達してくれるのはいつのまにか夫の柊介の役目になっていた。その柊介《しゅうすけ》が海外へ撮影に出かけて一週間、さすがにまずいなとダイヤルを回してみたがこの有様だ。

思い当たる番号をしばらく回して、何度目かにやっと開いた途端、紙の束がばさばさと滑り落ちてくる。カレー屋のちらしとAmazonから届いた本に挟まれるように「マイナンバーカード提示のお願い」と書かれた封筒がいくつも目に入って、ため息が出る。

東の空が白んできたようだ。結局今日も朝帰りだ。柄の長い剪定バサミを持った清掃員の女性たちが歩いていく。朝早くから働いている人もいるのか。電柱に止まったカラスが緑のネットの中のものを狙いにきている。こういうことをしないでいい代わりに、私は囚われの身なのだと思った。人間に生まれた瞬間から殆どのことは、前に生きた人が決めてくれており、私の選べることなんてほんの少ししか残っていない。

　エレベーターの中、大学の卒業式で友達に約束したことを思い出していた。

「私がさ、有名な漫画家になってお金持ちになったら、マンションを買うからみんなで一緒に住もうよ。子育ても一緒にすればきっと楽しいよね」

「うわあ、それ最高だね。一湖《いちこ》なら本当にやれそう」

「いっちー、売れても忘れんといてよ。勝手に家とか建てたら承知せんでね！」

「ようし、三十歳になったら連絡すっからね。きっとだよ。きっと待っててよ」

　そう言って東京へ出てきてから、いつの間にか二十年が経っていた。あの頃の一年とは色んな意味で長さも太さも違っていた。大学時代の約束は、どれもこれも子どもの指切りげんまんより幼稚で、思い出すと痛くて、そして愛おしかった。約束を交わした仲間たちも一人結婚し二人結婚し、そのうち出産し、家を建て、年賀状に貼り付いた会ったこともない子どもの顔だけが増えていった。互いに連絡し合うこともいつの間にか減り、あの頃が夢だったのか今が夢なのか、もう疑うこともしない。

　でも、酔っ払った夜や彼氏と別れたあとなんかには、決まって地平線の彼方に置きっぱなしの約束を思い出して貯金通帳を眺めたりした。もうちょっとでみんなで住めるくらいのマンションが買える。今私が連絡したら、何かが変わるだろうか。こういう話、次の回に書くかな？　主人公の回想シーンで、伏線として入れとくのはありかもしんない。ふむふむ、悪くない。服を脱ぎとばしながらテーブルのメモ帳に走り書きし、まだ半分しかたまってない湯船につかった。

週刊のコミック誌に続いて、今年からは月刊誌の連載まで決まって、怖いくらいに好調だった。朝までアトリエで考えていたネームが脳みそにへばり付いている。日常のどれもこれもネタにしてしまう癖がつき、気がつけばいつも俯瞰で自分や周囲を眺めていた。

この分ではベッドにもぐりこんだところで眠れないだろう。湯につかったまま構想の続きを思案する。

眠るのを諦めて、線路沿いのカフェKITUTUKIに出かけると常連客たちが外のベンチにたむろしていて、手を振りながら駆け寄った。

「一湖先生、久しぶりです。今日は、お休みですか？」

ウルメが、空になったコーヒーカップを口に運びながら、甲高い声で喋る。

「もうそろそろ先生はやめてよー。ウルメは？　ビール会社のでっかいプロジェクトやってたじゃん。あれは落ち着いたの？」

「はい、やっと終わったんですよー」

ウルメは広告代理店から独立して、一昨年デザイン事務所を立ち上げた。まるでKITUTUKIの主のようにいつ来てもここにいたが、最近はだいぶ軌道に乗ってきたらしく、しばらく見かけていなかった。クリエーターの社交場ということでKITUTUKIに集う人も少なくないが、私にとっては、たまに来てただ笑って帰れる貴重な場所だった。

「ええ！　いっちゃんて先生なの？　俺も三年前まで先生やってたからさあ」

娘のしのちゃんを抱っこしたデザイナーの緒方さんが、今更そんなこと言うのがおかしくて
「そうだよー。先生してるんだよ、小学校の」

と言ってみると、まともに信じて自分の学校の話をしはじめたので、見かねたウルメが漫画家だと話してくれた。緒方さんは仕事の関係もあって柊介と仲が良くて、頼まれて多摩川へ写真撮影をしにいったりしていたっけ。いつも二人を傍で見てはいたが、相槌を打つ程度でちゃんと話すことはなかったのだと思った。

「ほらほら。これ見て、一湖さんです」

誰かが私のインタビュー記事やらブログやらをスマホで見せている。

「じゃーん、ここにも。僕ね、実は毎月楽しみなんですよ」

エプロン姿の店長がカルチャー誌を持って店から出てきて、お悩み相談室のページを開いた。

「これ一湖ちゃん？　うそ、顔が全然違うじゃん！」

素っ頓狂な声を出したのは緒方さんで、その声に驚いてしのちゃんがグズりだした。緒

方さんはキャスケットを後ろに回すと、リュックから流線型のメガネを取り出し、しばし紙面の「私」と今ここに立つ「私」を見比べている。

「えー、そんな違う？」

「違う違う。全然違うって」

「その写真は五年、いや、もう八年も前になるのか。老けちゃったかなあ」

周りの人々は、即座に「そんなことはない」「十分かわいい」と慰めはじめる。緒方さんは、帰国子女なので思ったことをズバッと言う。それに、すごく勘がいい人だから言うことに迷いがない。もちろん悪気だってない。私も柊介も彼のそういうところが好きだった。

「旦那が写真家なんだからさ、ちょちょーっと新しいの撮ってもらえばいいじゃん？ね？　柊介ちゃんいい写真撮るんだから。これはね、もう一湖ちゃんじゃないよね」

「紺屋の白袴ってやつでして。また今度撮ってねって言いながらもう八年経っちゃったんだなあ。どこがどういうふうに違います？　目の位置？　太った？」

一斉にみんなスマホで私の写真を出して、何が違うか検証しはじめた。同じだよ、変わってないよという人だっている。

電車が湾曲した土手に沿って走ってくると、私達のベンチと柵一つを隔てたすれすれを通り過ぎ、店長が勝手に植えたというユーカリと、しのちゃんの髪をなびかせる。殆ど、紙一重な世界を生きている。

「いや、いっちゃん、そういうことじゃないんだ。もう中に入っているものがさ、全部入れ替わってしまって。別のいっちゃんなんだよなあ。とにかくさ、出てる波動ってかそういうのが全然別人なんだよな」

緒方さんはいたって真面目にそう言う。

「すみません、聞きかじった情報で申し訳ないんですけど、確か人間は、体の中の水が二週間で全部入れ替わるんですよね。だから、どこで暮らすかでも変わってくるそうですからね。はい」

じっと聞いていたウルメのパートナーが喋り出した。

「で、これもどこかで聞いた話で不確かですが、七年で全部の細胞が入れ替わるということなんですよ。だから、そういう意味でも、もう別の肉体なのかもしれないですよね。はい」

「それって都市伝説でしょう?」

と店長が顎鬚を触りながら苦笑いしている。

「ほらこれ、十年前の俺の写真。ロスで先生してた頃の。全然違うっしょー!」

高らかに笑いながら、緒方さんは財布の中の写真を見せてきた。丸メガネをかけた痩せっぽっちの青年は、わずかに面影を残すが、言われなければ彼だとは気づかなかった。

「ずいぶん、がたい良くなったんですね」

ウルメがまた空っぽのコーヒーカップを口に運びながら言った。でも緒方さんの言うように、そういうことではなかった。太ったとか、はげたとか、老けたとか、そういう見てくれのことでなく、信じることが変わったとか、魂の色が変わったとか、そういう類のあれだ。

「自分の変化って、なかなか気づかないですよね」

赤く染まりはじめた空を見ながら適当なことを呟いた。

「え、そう？　毎日鏡見るでしょう？　髪とかしたり、顔洗ったり。そういうときに気づいたりしない？」

「緒方さん若いな。鏡なんて見るの？　私……ちゃんと自分の顔見てないかも」

顔は見るが、クマがあるとか、弛んだとかそういうことをだ。それを見ていると言っていいのかわからない。パッと自分の顔が思い出せない。今思い出している自分の顔も、もしかしたら昔の顔かもしれない。

今の私って、どんな顔してたっけ？

「ちゃんと顔見なきゃ。捕まえてないと、自分のこと。簡単に変わっていっちゃうからさ。知らないうちに知らない自分になってることってあるんだよ」

中年男が、真剣な顔して言う話か？　とも思ったが、私は真に受けていた。また、数十センチ脇を特急電車が通っていく。心臓がズキンズキンと存在を主張しはじめ、みんなの声がぼーっと遠のいていく。

流動的な私の体内か。これはなかなか面白いネタかもなあ。考えも、記憶も、明日には全部消えていって、また別のことで充満して、眠って、昨日とは別の肉や卵や野菜を食べて、別の情報で神経を尖らせて、そういうものを餌にしてまた漫画を描いて描いて。私はいつからか、中身を見つめることを忘れていたのかもしれない。

ここにいるのは、本当に私だろうか。宇宙からきた別の生体なのではないか。もしそうだとしても、自分さえ気づかないのだから世話ない話だ。そもそも私の定義はなんだ。食べ物も水も、どこから来たとも知らぬ不確かなもので満たされた不確かな体で。土を触ることも雨を飲むこともなく、人だらけの砂漠に染みる、明日には乾いて消える答えばかりを探して。

さっきの写真は、結婚前オーストリアに行ったとき教会の前で、柊介に撮ってもらったものだ。朝焼けが白い屋根と私の顔をオレンジに染めて、恍惚とレンズの向こうの未来を見つめている。「今」の私を表すのに一番ぴったりの写真だと、当時二人で話した。でも、今はもう「今」ではない。この時の私は何を考え、何を見ていただろうか。思い出せない。まだ読み切りしか描かせてもらえなくて、出版社に原稿を持ち込みしていた頃だ。見れば見るほどに見覚えのないものに思えてきた。だとしたら、この二つ目の人間は一体誰だろう。懐かしさには程遠い、こっちを睨むこの肉体は。

「いやあ、素敵なレディーだと思うよ。君らみたいな夫婦はさ、世界にそうないんだから。柊介がうらやましいもんね」

一人一人と今生の別れみたいに握手すると、しのちゃんにヘルメットをかぶせて、緒方さんは電動自転車で颯爽と走り去った。夕暮れは少し寒くて、私達は店内に移動すると話題を変え、またコーヒーを飲みはじめた。


家に帰ると、花瓶の水が空になっていた。昨日まで一杯だったはずなのに。テーブルの上に置かれたネーブルに切り目を入れて食べようとしたが、これを食べる未来と食べない未来では変わってしまうのだろうかと、手を止めた。食器を片付けようと棚を開けると見たことのない小皿がある。柊介が骨董市で買ってきたものだろうか。

ふとベランダに目をやると、植えたはずのない真っ赤な花が無数に咲いていた。そこへ、タイダイ柄をした鳥が飛んできて、夕闇の中、花をついばみはじめた。私は一体どこにいるのだろう。今まで見てきた世界も、二週間の間で入れ替わってしまったのか。それとも、ちゃんと見ていなかっただけで全て昔からあったものだろうか。

洗面所へ行き鏡の前でまじまじと自分を見つめる。

「おーい」

と言ってみる。

「おーい」

と鏡の中の私も返す。

「君は誰なの」

「君は誰なの」

きっと眠気のせいだ。ベッドに潜り込み目を閉じると静かにまどろみの中に溶けていった。豆腐屋のラッパが遠くに聞こえる。どこの街で聞いた音だっけ。あの子達の笑い声も混ざり合って、やけに心地よかった。

ねえ、私達ずっと変わらないでいようね。うん、忘れないでいようね。きっと、手紙書くからね。うん、手紙書くからね。ザザーッと風が吹いて、ユーカリの細い枝がしなる。朝もやのなか、古着のタイダイのスカートを押さえながら歩きはじめる若い女。迷いなんてこれっぽっちもなく、摑み取った道を誇らしげに。地平線のずっと向こうから荒野を歩いて来る女を私は知っている。確かに、その顔に見覚えがあった。

四月の旅人

いつもより空が澄み渡っていた。風が枝から枝へと器用に飛び移り、子どもたちの薄桃色の頬を揺らした。一番最初に目を覚ました子が大きなあくびを一つ、それが上へ下へと伝わって次から次へと子どもたちが目を覚ました。

「ねーぇ、お母さんあれなあに？　ハモニカみたいな石の塊が川のずっと向こうに立ってるねえ」

最初に起きた子が言った。お母さんはゆさゆさと子どもたちを揺すりながら川下のずっと奥を見てみる。

「まあ！　あんな向こうの景色が見えるなんて何十年ぶりかしら。あれは、お家だよ。人間のお家。あの四角いところにみなさん住んでいるのよ」

「へえ！　あんなハモニカの穴に住めるなんて随分と小さいんだね」

一番小さな三郎が言った。三郎は３６３６番目の子どもだったので三郎と名付けられた。

「馬鹿だなあ、お前。ずーっと向こうにあるから小さく見えるだけだよ」

「いや、人間は、小さくも大きくもなれるんじゃないの？」

「違うよ、あれは子どもだけの家なんだよ」

「全然違うよ。あれは小鳥の家だって聞いたことあるもん」

子どもたちはみんな口々に喋り出し、煩いったらありゃしない。

「しーっ、シャラシャラさんの音がするよ」

兄さんの声にはっとして、子どもたちは一斉に喋るのを止めた。

橋を渡って、シャランシャランと鈴の音がこちらに向かってくる。うっとりとして子どもたちはその音色に聞き入った。どんどんとその鈴の音は大きくなって、ピタッと子どもたちの下で止まると、シャラシャラさんはこちらを見上げながら言った。

「もうちょっとで開きそうね。今年は観光客もいないし、ゆっくり見られるわー」

「だめよ星子。あんた、不用不急の外出は自粛しろってニュースで見たでしょ？」

「そうよ、星ちゃん、ウイルスに感染したら怖いから人混み行くのはやめてね」

「えー。こんな近いんだしちょっとくらい平気だよー」

シャラシャラさんは、お姉さんやお母さんとなにやら心配そうに話をすると、また鞄につけた鈴をシャランシャランと響かせながら通り過ぎ、川沿いのマンションに入っていった。子どもたちは、みんなこの音が好きだったのでシャラシャラさんが通るのをいつも楽しみにしていたのだった。遠ざかる鈴のリズムに合わせて川は伴奏し、鳥は歌い、太陽は光った。

一週間ほどが過ぎ、子どもたちは一つ二つと大人になって旅立つものも出てきた。

「かっこいいなあ兄さん、もう頭に王冠をつけてさあ」

三郎が陽のよく当たる上の部屋を見上げて、羨ましそうに言った。

「そう焦りなさんな。お前もじきに大きくなるでしょうよ」

通りかかった人々が、嬉しそうに兄さんたちを見上げて何やら四角い薄いものを差し向けている。

「あれは何をしているのだろうね兄さん、嫌に気味悪い音がしますね」

「ああ、あれはオブスキュラといってね、時間を切り取れる物のようだね。この間、蟻の長老が言ってたよ」

「時間を切り取る？」

「そうだよ。人間というのは、思い出が好きなんだそうだよ」

「思い出って、それは美味しいものなの？」

三郎は首をかしげた。

「いいや、食べるものではないんだ。切り取ってずっと持っていて、時々眺めたりするそうだ。お前も今に分かるようになるさ」

時間を切り取って、ときどき眺めるだなんて、考えれば考えるほど不思議だった。今見ている景色だけでも毎日わくわくして楽しいのに、それ以上に眺めたいものがあるだろうかと三郎は考えた。

その時、ブワーンと風が吹いて土や砂を舞い上がらせた。近くの公園に遊びに来ていた人間の子どもが「目が痛いよう」と泣き出し、お母さんが慌てて持っていた目薬をさしてあげている。

「可哀想に……。風さん風さん、もう少し静かに通行できませんか？」

三郎は通りかかりの風の子にお願いしてみたけれど、風は、

「うるせい、うるせい！　俺は海に頼まれて吹かせてるだけなんでぃ。ああ、忙しい忙しい」

と言って、またブワンブワンと唸りながら、三郎たちをも引きちぎりそうに走り去っていった。風の言う「海」というのは、そんなに偉いものなのだろうか、と三郎は思った。空の上の方に行けばいるのだろうか。それとも人間のいるハモニカの石の中に住んでいるのだろうか。さっきから三郎の頭にしがみつくメジロに、聞いてみた。

「ねえ、メジロさん。君は海というのを見たことがあるかい？」

メジロは、風に飛ばされないように体を小さくして答えた。

「それはずーっと遠くの田舎の方のものでございますね。なんせ、私なんか都会育ちです

からねぇ、知らないですよぉ」

　お喋りメジロは話を続けた。

「それでもね、渡り鳥なんかとすれ違うと、時々海と思しき匂いがするんですよ。どうも懐かしい、昔に嗅いだことのあるような匂いなんですよね。だけど、いつどこで嗅いだのか、それがさっぱり思い出せない。それで渡り鳥に『あなたさまは海を知っているんですか？』と尋ねたら『当たり前だ、海を渡って来たからな』と、こう、しわがれた声で言うのですよ。聞くところによりますと、途方もなく大きい水たまりなんだそうですよ」

　三郎は向かいの家の金魚が入った池を見ながら言った。

「あの家の池よりも？」

「比較になりませんよ」

「この川よりも？」

「ええもう、こんなもんじゃないでしょう」

「じゃあ、この空よりも？」

「ああ、えーと、うーん。そうですねえ。空の端っこがどこなのか、私は知りませんがね、そりゃあこんなもんじゃないと思いますよ。海の向こうから渡ってきた鳥はですね、羽なんて半分擦り切れてしまって、中には力尽きて海に落っこちて死んでしまうお仲間もおられたそうで。それはもう大変な思いで来たんでしょう。私らみたいな気楽な都会もんには分からない人生観ですよ」

　三郎はじっとメジロの話を聞いた。

「それでね、ぼっちゃん。大概の渡り鳥が悟ったような顔して言うんです。『まあこの世は大体が海だからね』なんて。『君の体だって海で出来ているんだ』なんつってね。分かるようで分からない。でも分からないようで分かるんだよねえ。禅問答ですなこりゃ」

　やがて風は止み、メジロは食べ物を探しに行ってしまった。三郎は海を見てみたいと思った。


　暖かい日差しが三郎の体を照らし始めた。体がうずうずとして、今にも鳥のように飛んでいけそうだったし、川のようにどこまでも流れていけそうだとも思った。やがて夜と朝が幾度も過ぎ、三郎の体は日に日に成長していった。折りたたまれていた翼が開いて、体の内側にも太陽が当たり、みるみる自由になっていくようだった。

「やあ三郎、お前立派に咲いたなあ。こないだまで、こんなに小さかったのに。どうだい気分は？」

　と、兄さんが上から声をかけてきた。

「はい、少しすうすうします。でも、どこへだって行けそうな気がします」

　三郎は王冠が落っこちないように気にしながら言った。

「そうだよ。どこへだって行ける。僕は、風に乗ってしばらく街を旅してみようと思ってるんだ。ほら、次の風を見ててごらん」

そう言うと、いち、にの、さんで、兄さんは部屋から飛び出した。そして、風の子に上手く乗って、あっという間に向かいの屋根の上までいってしまった。他の兄さんたちも同じように空へ舞いあがり、しばらく飛んでいたかと思うと、川へ浮かんだり少年と遊んだり、思い思いの居場所を見つけたのか姿が見えなくなってしまった。

一度旅に出ると、もう家へは戻って来られないことを三郎は知っていた。それでも、ここではない違う場所に行ってみたかった。もうしばらくしたら僕も家を出よう。メジロが言っていた海へ行くにはどうすればいいのだろうかと三郎は考えた。蟻の長老に聞いても、蝶々の先生に聞いても、お母さんに聞いても、海へ行く方法はわからなかった。

さらに一週間ほど経ったある朝、目を覚ますと家には三郎と何人かのきょうだいしか残っていなかった。川面はもうすっかり綺麗な桃色に染まり、大混雑の大フィーバーだ。みんな手をふって、歌って、踊って、気持ちよさそうに浮かんでいる。

——シャランシャララン。

遠くからあの子の鈴の音が聞こえる。三郎はその音色にうっとりして、一緒にこの音を聞いた兄さんたちのことを思った。あの頃から、三郎達の家はすっかり様変わりして、兄さんたちが旅立った代わりに、青々とした弟たちが生まれ、すやすや眠っている。シャラシャラさんは、三郎たちの家を見上げると、つまらなさそうに
「やっぱ、もう散ってるじゃん。一足遅かったなあ」

と言った。

「仕方ないよ。ほらでもまだ少し咲いているよ」

シャラシャラさんのお姉さんが、三郎を指先で触れたそのとき、風がざーっと吹いて、三郎は高く舞い上がっていった。王冠から金の粉を撒きながら、どこまでも自由に飛んでいけた。三郎は初めて、自分の体が自分のものになったようだった。

「冒険の始まりねえ。気をつけて行ってらっしゃい」

お母さんが手を振っている。三郎は高く高く空を上っていった。僕はこんなに美しいところに住んでいたのか。外の世界から初めて見たお母さんの姿は、とても大きくて優しくて、自分達が大切に守られて育ってきたことを知った。オブスキュラはないけれど、今、この時間を切り取ってずっと覚えていたいと思った。三郎は遠ざかっていくお母さんに何度もありがとうを言った。

猫も家も人も小さく小さくなっていく。しばらく優雅に空を飛んでいたかと思うと、突風に煽られて神社の境内めがけて急降下。三郎は地面に叩きつけられ気を失ってしまった。どのくらい眠っていただろう。目を覚ますと、今度は竹ぼうきにさらわれ、掃き集められ

た他のゴミと一緒に捨てられそうになり、慌てて再び風に乗った。海を見るまで、まだまだ旅は終われない。

ゆっくり眠れる温かい部屋も、雨風から守ってくれる母さんの強い腕もなくて、思ったよりも自由は大変だった。けれども、それを上回る程に、三郎の胸は今まで味わったことのない喜びで満ち溢れていた。

気がついたら三郎は川面に浮かんでいた。毎日部屋から眺めた、あの憧れの桃色の絨毯の上に。いくつもの橋を通り過ぎ、景色が変わっていく度に川は合流してどんどん太くなっていった。三郎は沈まないようにぐっと胸を張った。

しばらくして、突然辺りが暗くなったと思ったら、みんなで眺めて想像し合ったハモニカが目の前に現れた。あんなに小さく見えていたハモニカは、母さんの何倍もある岩の塊で、人間がその中を上り下りするのが見える。なんてすごいんだと三郎は思った。自由は大変だし、怖くもあるけれど、その何倍も素晴らしかった。さらに川幅は広くなり、ハモニカや他の建物もなくなると三郎の視界には空だけが広がっていた。こんなに大きな空を見たのは初めてだった。

雨が降りどろんこになり、水草にひっかかり破れ、太陽に照らされ変色して、三郎の体は逞しく変化した。三郎は流れに飲み込まれないように泳ぎ続けた。

——どのくらい流れていただろう。ふと、懐かしい匂いがした。メジロの言っていた、分からないようで分かる匂いだった。人間の好きな「思い出」はこういう匂いがするのかもしれないと思った。初めてなのに懐かしくて温かい、お母さんを思い浮かべていた。

もう薄桃色の体はない。たった一つの、だけれど無限の命の中だった。渡り鳥の群れが頭上高くを飛んでいく。そこにはいつも眺めた太陽と大きな空だけがあった。

三郎は海になっていた。

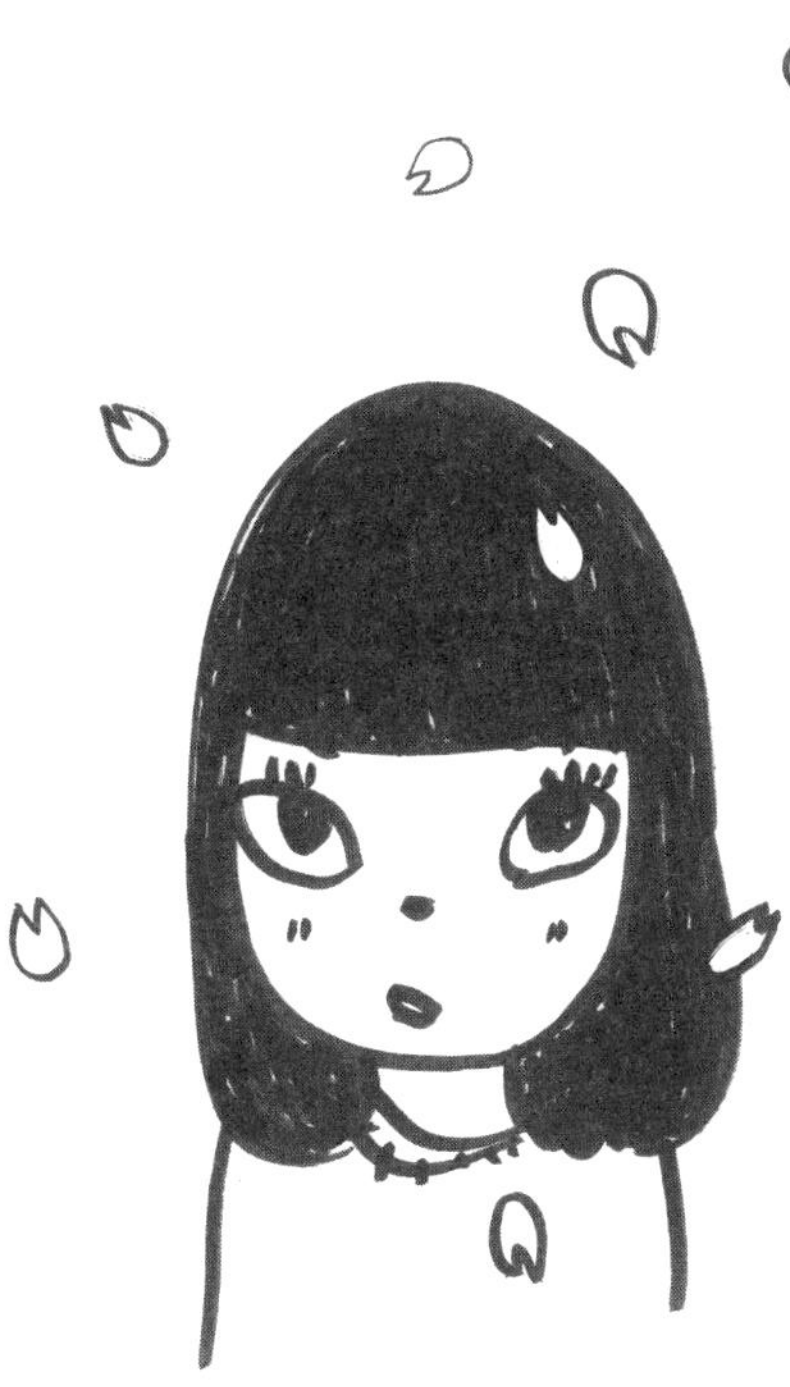

ＤＪ久保田　＃２

〈♪ジュボボボーン。久保ラジラージジラララッル〉

「続いてはこちら！

〈クイズ、ボーッと聴いてんじゃねーよ！〉

　ここまでのトークやお便りからスタッフがクイズを作り、リスナーのあなたに答えてもらうコーナーです。今日答えてもらうのはこの方、生電話が繫がっています。もしもーし」

「もしもし、山野茂吉です。久保田さんお久しぶりです」

「どうもー。山野さんと言えば、知らないリスナーはいないというくらいの常連さんですけれども、こないだなんて放送が終わって局の玄関を出ようとしたら、寒空の下、手振ってる人がいるんですよ。誰だろうって思ったら『山野茂吉です』って言うから、生山野だーって。フハハハ」

「驚かせてすみません。私ね、造園業やってまして、たまたま放送局の木の剪定を頼まれましてね。久保ラジ終わったから、そろそろ出てくるかな、なんて出待ちしてました」

「鉢巻に半纏着てね、男前なんだこれが。そうそう、山野さん最近ご結婚されたそうで。七十年独身貴族の我らが山野茂吉がついに！　おめでとうございます」

「いやあ、お恥ずかしいですね。ありがとうございます」

「しかも、お相手が二十歳も年下なんですよ。通報しましょうかね。どこで知り合ったんですか？」

「パソコン教室で隣の席だったんです。私がパソコンを全然できないもんですから教えてもらおうとしてね。そうしたら彼女はもっとできなくて。そのー、安心感といいますか。パソコンなんてできなくてもいいかなあなんて意気投合しましてね」

「ウハハハハ。駄目じゃないっすかそれ！　しかし、世の中どこにチャンスがあるか分からないですねえ。今、奥さんもいらっしゃる？」

「いますよ。お〜い、ちーちゃん」

「みなさん聞きました？　ちーちゃんって呼んでますよ」

「今ＤＪの久保田さんと電話繋がっててね。ちょっと代わる？　大丈夫だよ、、久保田さん優しいんだから」

「もしもし、お電話代わりました。はじめまして。妻のちひろです」

「どうも、久保田です。はじめまして。ちーちゃんは、山野さんのどんなところにときめいたんですか？」

「大きな木に梯子をかけて剪定をしている姿が格好良くてですね。うふふふ」

「あー、分かるなあ。地下足袋がまたかっこいいんすよね。

では新婚二人でクイズにチャレンジしていただきましょう。〈♪ジャージャン〉先日ベトナム旅行に行っていたという、星子さん親子が、お金のトラブルに巻き込まれたと先程お便りありましたね。では、ベトナムのお金の単位は何でしょうか？」

「ええと、ウォン、は韓国か。ダン？　ガン？　ゴン……みたいな」

「そう。ダン、ドン、ガン？　頭ぶつけたみたいな音してたわよねえ」

「そうそう。頭ぶつけたみたいな。ダン、ガン、ロン、それは麻雀」

「ふふふ。そうね、それは麻雀。茂さん決めていいですよ」

「いや、記憶力は、君の方がしっかりしてるんだから」

「じゃあ、響きで、ガン、ドン、ザン、ジャン……あれジャンもなんかいい感じかも」

「はい、そろそろ時間ですよ。新婚さん、いいですか？」

「ジャン。ジャンにします！」

「さあ、『ジャン』どうでしょうか！　ブブー。ざんねーん。正解は『ドン』でした。頭ぶつけたみたいな音って。フハハハ！　しかし仲いいですね。久保っち耳かきをお送りします」

「わー、嬉しいです〜。ありがとうございます」

「山野さんご夫妻でしたー。お幸せに〜。やあ、俺もそろそろ恋したいっすね。ここで、ラジオネーム『木遣りの兄さん』から曲のリクエストとメッセージがきています。

『久保田さんまいどー。いつも久保ラジ聴いとるで〜。俺は、祭が好きで毎年神輿を担いでいます。地元の屋台にも駆り出されて、去年は友人とフランクフルト五百本を売り切りました』

ひえー。すごい数。祭のフランクフルトって美味いんだよなあ。

『でも、今年は祭りも中止。ものたりません。せめてフランクフルトだけでも食べようと思い、今焼きながら聴いています』

いいなあ。俺にも一本ちょうだいよー。なになに

『祭と言えば、その昔、高校の学園祭で演奏したジョンとヨーコの曲をリクエストしたいと思います。やっぱりＬＯＶＥ＆ＰＥＡＣＥが一番やんな』

へー。学祭でビートルズじゃなくて、ジョンとヨーコをやったんだ。しかも選曲が渋いですよ。ジョン・レノンとオノ・ヨーコで「アンジェラ」

――はーい、御手洗さん入られまーす。よろしくお願いします。

「どうも、初めまして久保田です。よろしくお願いします」

「よろしくお願いします」

「いつ頃日本に帰って来られてたんですか？」

「ええと、夏には帰ってたかな。実はラジオとか本当に初めてで、緊張してます」

「大丈夫ですよ～。そのままの御手洗さんをみんな待ってるんじゃないかなあ」

――では、こちらの席に座っていただいて。アクリル板あるんで注意してください。マスクもつけたままで。はい、なるべくマイクに近づいていただいて……。

それでは、本番三十秒前。十、九、八……――

〈♪ジュボボボーン。久保ラジラージラララッル〉

「ＤＪ久保田がお送りしています久保ラジ。スタジオが半端ないオーラに包まれています。今日のゲストは、海外で注目されている気鋭の作曲家、御手洗修二さんです。どうぞよろしくお願いします」

「あ、はい。よろしくお願いします」

「御手洗さんのことを日本でご存知の方はまだ少ないかもしれないんですが、国際的な音楽賞を立て続けに受賞したり、ロシア映画の巨匠ヨッシャミトーレビッチ監督の最新作の音楽を手掛けるなど、今世界が注目する若手作曲家なんです。現在ウィーンで活動中ということなんですが、この夏にコロナの影響もあって日本に帰国されたそうなんですよね。それでもって帰国早々に大抜擢されるんです。人気アニメ『四月の旅人』が来春映画化されるそうなんですが、そのサウンドトラックを全曲手がけられたそうで」

「はあ。まさか自分がアニメ映画のサントラを書くとは思ってもみなかったです。でも、満足いく作品に仕上がったので良かったですね」

「沢山お便りも届いていますので、後ほど紹介しますね。久々の日本ということで、帰ったら必ず行く場所とか、思い出の場所ってあるんですか？」

「そうですねえ。学生の頃によく行った名曲喫茶がありまして。毎日そこでクラッシック聴いて勉強といいますか、イメージを膨らませてたんで、久々に行ってみようかなと」

「ライブハウスとかクラブじゃなくて名曲喫茶ですか～。流石ですね。あれ？　今、思い出し笑いしませんでした？　あれれ、見逃しませんよ～」

「いえ、その喫茶店で、昔ちょっとした出来事があったんですが……もう二十年も前のことですから忘れました」

「あれー。はぐらかされましたねえ。さて、Twitter にも沢山メッセージ来ています。『御手洗さん待ってました。声もかっこいいー』だとか、『映画の公開が待ち遠しいです』、それから『僕も名曲喫茶によく行きます。爆音でクラッシック聴くの最高ですね』という方もいますね。それでは、お待たせしました。本日、宇宙初オンエアになります。『四月の旅人』のサウンドトラックから、作曲・編曲、御手洗修二で「そして海になる」正座して聴くのじゃー！」

――しばらくドア開けて換気しまーす。あの、御手洗さん、こんなお便りが来てますがこれはプライベートな感じなんで、読むのはやめにしてお渡ししておきますね。どうぞ。

「あ、どうも」

うそ、うそ、本当にあの御手洗さんですか?! ひゃー!! 今年一びっくりしました。私、名曲喫茶に財布を受け取りに行ったあの時、女子高生だったMの友人です。この間、彼女とZOOMで、御手洗さんが有名な作曲家になっていたらいいねって話していたところだったのでラジオをつけて、ぎゃーって叫んじゃいました。すごいです。夢叶えちゃうなんて、本当にすごいです。映画絶対に見に行きますね。

追伸、Mは今、二児の母親になってがんばってますよ！

東京都　ラジオネーム　干し柿子

「あの、次の私の選曲ですけど、今から変更してもいいでしょうか？」

――あ、はい。大丈夫ですよー。

「じゃあ……」


〈♪ジュボボボーン。久保ラジラージララッル〉


「今日はゲストに作曲家の御手洗修二さんをお迎えしてお送りしています。御手洗さん、日本に帰ってきてからはまっているものがあるとか？」

「あっはい。日本の漫画にはまってまして。毎日徹夜で読んでいます」

「そんなにですか！　ちなみに今はまっている作品は？」

「一湖先生の『流動的な私の体内』です」

「わかるー。俺も大ファンなんですよ。知らぬ間に魂の色が変わっていくところが、ゾッとするしハッとしますよね」

「そうですね」

「みんなピンクとか青とかそれぞれに魂に色があって。でも、嘘をついたり闇が深くなるうちに色が変わるんです。あと顔がね、魂の色の変化と共にちょっとずつ変わって数年したら別人になってるんすよ。そこへ魂の色が見えるオガタさんっておっちゃんが登場して『あなたってこんな顔でしたか？』って名台詞があって。読み終わって怖くなって鏡見に行っちゃいましたもん。俺、魂の色、絶対黒だと思います。ウハハハハ。御手洗さんは何色でしょうね？」

「……」

「御手洗さん？　おーい」

「……え？　ああ、すいません。ええと……」

「魂の色についての話してたんすけど。あっはは、タイムリープしちゃってましたかね」

「僕は……何色でしょうね。学生の頃は、もうちょっと普通にみんなと同じような色になれるかなって思った時期もありましたけど、でも、駄目で。頑張って矯正できるならそれはまあ……。あれ、今、何の話してましたっけ？　ふー。駄目だな。疲れた。ちょっともうこのへんで僕はおいとましようかな」

「へ？　おいとま？　御手洗さん？」

「曲に行ってください。ラフマニノフのピアノ協奏曲第三番です」

「え！　え！」

——曲出し！　いいよ、もう曲出ししちゃって！　御手洗さん！　御手洗さん！　あ、わわわ。お出口までご案内いたしますので。少々お待ちを。曲明けでＣＭ行って。誰か、御手洗さんをアテンドして――

「ね、何だったの今の。びっくりしちゃった。確実に変なスイッチ入っちゃってたよね。芸術家って俺よくわからないんだよなー」

――本当に、びっくりしましたね。放送事故ぎりぎりでした。

「ほら、さっきさぁ、俊介、手紙みたいの見せてたじゃん。あれさ、元カノの友達からっぽくない？　駄目だよああいう際どいの途中で見せちゃ」

――すみません。気をつけます……じゃあ、ＣＭ明け一分前です。よろしくお願いします。

「久保ラジ、残すところ五分となりました。今日も節子さんから美しい絵葉書が届いています。紫色のスミレをね、今日は水彩絵の具かな、淡い色使いで描いてくださってますね。せっちゃん、いつもありがとうございます。庭先に咲いていたんだって。春を感じましたということでした。いいですね。まだ少々寒い日が続きますから、節子さんも風邪引かないように元気に過ごしてくださいね。手書きのお手紙をいただくってのは幸せですよ。俺おばあちゃん子だったからね、こういうの見るとぐっとくるんです。おばあちゃんと言えば、こないだ結婚したうちのディレクターの俊介なんですけどね、彼女の亡くなったおばあちゃんの整理ダンスの中から指輪が出てきたんだって。それが最初でっかい翡翠だったから大騒ぎになったらしいんだよな？」

——は、はい。それはもう。

「でも、よく調べたら偽物だったんだって。おじいちゃんが借金抱えたときに、おばあちゃんこっそり指輪を質に入れて、似てる安い指輪を買って着けてたらしいんだよ。泣けるよなあ。で、俊介の彼女もその指輪を大事にしてるんだって。なんだよ、ちきしょーいい話だなーってね。偽物も本物もなくて、ようは付けてる人の気持ちが本物ならいいんだって俊介は思ったらしいっすよ。かっこいい男だよ。俺ならね、絶対に翡翠がいいね。偽物だったら捨てちゃうだろうなあ。フハハハハ！　俺、魂黒いからね。

というのは冗談で、大事なものって多分目に見えないんでしょうね。そういうのがさ、ぐるりと輪っかになってこの世界に繋がってけばいいなって、それはね本当にそう思いますよ。

ということで、お後がよろしいようで。今日は、山野さん出待ちしてないだろうな〜。みんな風邪ひくなよー。よく食べてよく寝ろよ。お相手は久保田真司でした。また明日、同じ時間にお会いしましょう」

あとがき

　この文章を書いているということは、もうすぐ小説集の制作が終わるということだ。完成は嬉しいけれど、少し寂しくもある。そう思えるのは、二〇一八年から二年間の連載の後、担当編集の窪さんと時間をかけて物語を育ててきた実感があるからだろう。

　街ですれ違う誰かの、きっと明日には消えていく特別でない物語。名前のない今日の、名前のない感情や出来事。その一コマに確かにあった熱を掘り起こしてみたかった。そして、それぞれの物語が僅かにクロスしながら繋がっていく世界を描いてみようと思った。すれ違うだけの人、ある時期だけ共に過ごした人、物や気配だけ残っていたりすること。今朝一人で散歩した道には、何百、何千年分の、かつて生きた人々の足跡がある。そのどれか一つでも欠けていたら今とは違う朝だったろう。私達は特別でない日々が重なってできた、奇跡の今日を歩いている。

　帯に推薦のコメントをくださった西加奈子さんがメールで「『観察』とか『咀嚼』とかそういうものからうんと遠くて、すぐそばで、じっと見つめてくれてる感じがして、そんな小説は稀やなぁと思う」と言ってくださって、なんだか腑に落ちた。私は人間が好きなんだ。好きになりたかったんだな。この物語たちが、読んでくれた方の小さな熱になってくれたらと、今そんな気持ちだ。

初めての小説集がこんなに豪華で大丈夫だろうかと心配になるくらい、この作品に大きな花束をくださった方々に一言、感謝の気持ちを書かせてください。

まず、装画に加えて、九枚もの挿絵を描き下ろしてくださった奈良美智さん。本当にありがとうございました。山野茂吉の後ろ姿にときめき、遠くを見つめる星子は全ての登場人物や自分とも重なりました。少年のように奔放で繊細な奈良さんのエネルギーが、この作品に風を送ってくれ、型にはまらずそのまま行けばいいんだよと背中を押してくれました。

そして、帯に推薦のコメントを寄せてくださった、西加奈子さん、モモコグミカンパニーさん、ありがとうございました。モモコさんは、なんと五つもコメントを用意してくださって、その全てをここに掲載したいくらい感激しました。モモコさんの誠実で一生懸命な姿勢に、いつも刺激をもらっています。また、憧れの作家である西加奈子さんに言葉をいただけたことは、作品作りの大きな励みになりました。

最後に、三年近くやりとりを重ね、小説を書くことの面白さを教えてくれた筑摩書房の窪拓哉さん、最後の最後まで私の我儘に付き合って、粘ってくれたデザイナーの宇都宮三鈴さんに心から感謝いたします。ちくま文庫のエッセイ集『いっぴき』に続き、この二人は褒めて伸ばしてくれるのです。最後まで妥協なく提案できる環境を作ってくれてありがとう。

私をぐるりと囲む、みなさんの熱によって生まれた『ぐるり』は幸せものです。

高橋久美子

二〇二一年三月

本書は「web ちくま」にて連載された
「一生のお願い!」(2019 年 3 月〜 2020 年 6 月掲載分)に新たな原稿を加え、
再編集したものです。
初出については以下になります。

柿泥棒「web ちくま」2019 年 11 月

ロンドン「web ちくま」2019 年 8、9 月

蟻の王様「web ちくま」2019 年 5 月

美しい人「web ちくま」2020 年 1 月

自販機のモスキート、宇宙のビート板「telling,」(朝日新聞社) 2020 年 5 月

逃げるが父「web ちくま」2020 年 6 月

猫の恩返し「web ちくま」2019 年 10 月

サトマリ「web ちくま」2019 年 6 月

DJ 久保田# 1「web ちくま」2020 年 3 月

星の歌「群像」2021年1月号

白い地下足袋「webちくま」2019年7月

私の狂想曲「webちくま」2020年5月

指輪物語「GNH公式ホームページ」2020年4月

卒業式「webちくま」2020年2月

5000ドンと5000円「webちくま」2019年4月

スミレ「webちくま」2019年12月

私の彼方「webちくま」2019年3月

四月の旅人「webちくま」2020年4月

DJ久保田#2書下ろし

高橋久美子（たかはし・くみこ）

作家・詩人・作詞家。1982年愛媛県生まれ。詩、小説、エッセイ、絵本の執筆の他、様々なアーティストへの歌詞提供や翻訳など創作活動を続ける。主な著書に、エッセイ集『いっぴき』（ちくま文庫）、『旅を栖とす』（角川書店）、詩画集『今夜凶暴だからわたし』（ミシマ社）等。翻訳絵本『おかあさんはね』（マイクロマガジン社）は第9回ようちえん絵本大賞を受賞。

ぐるり

2021年4月10日　初版第1刷発行

著者　高橋久美子

発行者　喜入冬子

発行所　株式会社筑摩書房
〒111-8755　東京都台東区蔵前2-5-3
TEL.03-5687-2601（代表）

印刷・製本　凸版印刷株式会社

ISBN978-4-480-80502-7　C0093

◉筑摩書房の本◉

〈ちくま文庫〉
君は永遠にそいつらより若い
津村記久子
22歳処女。いや「女の童貞」と呼んでほしい――。日常の底に潜むうっすらとした悪意を独特の筆致で描く。第21回太宰治賞受賞作。
解説　松浦理英子

〈ちくま文庫〉
アレグリアとは仕事はできない
津村記久子
彼女はどうしようもない性悪だった。すぐ休み単純労働をバカにし男性社員に媚を売る。大型コピー機とミノベとの仁義なき戦い！
解説　千野帽子

〈ちくま文庫〉
まともな家の子供はいない
津村記久子
セキコには居場所がなかった。うちには父親がいる。うざい母親、テキトーな妹。まともな家なんてどこにもない！　中3女子、怒りの物語。
解説　岩宮恵子

〈ちくま文庫〉
こちらあみ子
今村夏子
あみ子の純粋な行動が周囲の人々を否応なく変えていく。第26回太宰治賞、第24回三島由紀夫賞受賞作。書き下ろし「チズさん」収録。
解説　町田康／穂村弘

〈ちくま文庫〉
さようなら、オレンジ
岩城けい
オーストラリアに流れ着いた難民サリマ。言葉も不自由な彼女が、新しい生活を切り拓いてゆく。第29回太宰治賞受賞・第150回芥川賞候補作。
解説　小野正嗣

◉筑摩書房の本◉

言葉にできない想いは本当にあるのか

いしわたり淳治

ロジカルな歌詞分析が話題の作詞家・いしわたり淳治が音楽、テレビ、広告、本、映画から気になるフレーズを独自の視点で解説する〈言葉〉にまつわるコラム集。

〈ちくま文庫〉

うれしい悲鳴をあげてくれ

いしわたり淳治

作詞家、音楽プロデューサーとして活躍する著者の小説&エッセイ集。彼が「言葉」を紡ぐと誰もが楽しめる「物語」が生まれる。　解説　鈴木おさむ

〈ちくま文庫〉

ゴッチ語録 決定版

GOTCH GO ROCK!

後藤正文

ロックバンドASIAN KUNG-FU GENERATIONのフロントマンが綴る音楽のこと。対談＝宮藤官九郎他。コメント＝谷口鮪（KANA-BOON）

小鳥たちの計画

荒内佑

バンドceroで活躍する荒内佑の初の著作。シャープな思考と機知に富んだユーモアで紡ぐ〈日常の風景〉とそこに流れる音楽や映画たち。人気連載待望の書籍化。